新 潮 文 庫

草　　　　祭

恒川光太郎著

新 潮 社 版

9179

目次

草祭

けものはら

1

中学三年生の初夏の夜だった。

網戸から蛙《かえる》の鳴き声が聞こえていた。ぼくは英語の問題集を前にして固まっていた。一週間前に町の書店で買ってきた高校受験用の問題集だが、今までほったらかしにしていたのだ。ようやく開いてみれば、眺めれば眺めるほどに、この問題集は受験生を不安にさせるために標準よりも難しめに作ってあるのではないか？　と疑念が湧《わ》いた。

明らかにぼくの通う美奥《びおく》第二中学校の教材よりも難しく、この問題が標準レベルなら、美奥二中の学力レベルは全国的に見て低いのだろうかと思う。

苛立《いらだ》ちながら腕を組んで唸《うな》っていると、電話機の内線ランプが点灯した。母親が、あなたに電話よ、という。夜の十時半だった。

女の子だったらいいな、と微《かす》かに期待しながら受話器をとって、外線ボタンを押した。

「もしもし、代わりました」

大人の男の声が返ってくる。

「ああ、すみません。椎野《しいの》の、椎野春の、父ですが」

椎野春は同級生だった。

「ああ、どうも、こんばんは」

「春が……そっちに遊びに行っていないでしょうか？」

「えっ？　来ていないですけど」

家に帰っていないのですか、ときくと、春の父親は暗い声で、そうなんです、昨日外に出かけたきりなんです、と答えた。

「雄也君、あの、春が行きそうなところに心当たりないですか？」

ぼくは沈黙した。

心当たり……トオルの家、レイジの家、駅前のゲームセンター。美奥駅前のゲームセンターは十時には閉店するので、昨日から帰っていないというのなら別のところだろう。春から特別なことは何も聞いていない。

「トオルと、レイジの」言い直す。「沢村君と柳原君の家とか……」

「二人のところはこれからかけてみます。他には」

「ちょっとわかんないです」

「じゃあ、後からでも、もしも春がそちらに行ったら、心配しているのでとにかく家に連絡を入れるように、と伝えてもらえますか」

何度か春のお父さんと話したことがあるが、息子の友達にこんな丁寧な話し方をする人ではなかった。その丁寧さに、いろんな意味での余裕のなさを感じた。

「あ、はい、必ず」

電話は切れた。

ぼくは英語の問題集を閉じた。

「椎野君のお父さん、なんだったの」と母から内線が入る。「春が家に帰ってこないんだって」と説明する。

ぼくは机の上で頰杖《ほおづえ》をつき、再び友人の行きそうな場所を考えた。

脳裏に野原のイメージがちらつく。

悪寒《おかん》をおぼえた。

小学五年生のある日、隣町の小学校の連中と戦争をする話がクラスで俄《にわか》に盛り上がった。

戦争といういいかたは妙かもしれない。抗争というべきだろうか。

相手は藤森団地の一学年上の小学六年生たちだった。対決の場所は藤森団地近くの公園に決定しており、相手にも伝達済みで、連中は放課後にそこで待っているという。休み時間中には男子全員に伝わり、大きな盛り上がりを見せた。

学年で喧嘩《けんか》が一番強いとみなされている高木原が参加することになり、参加者は見る間に膨れ上がった。

藤森団地の六年生との間に何があったのかぼくは知らなかった。個人的には藤森団地の六年生に面識すらなかったのだが、面白そうだったので兵隊の一人として見物半分に参加することにした。来ないやつは臆病《おくびょう》もの、と高木原がわめいていた。

放課後、十五人ほどが集まった。プラスチックのバットを持ってきたものや、エアーガンを持ってきたものがいた。ローラースケート用のヘルメットや、剣道の面をかぶっているものもいた。パチンコを持ってきたものもいる。武器になるかどうかわからないが、ぼくは買ってもらって間もないヨーヨーを持ってきていた。

藤森団地は美奥の町外れにあり、子供の足ではずいぶん遠かった。歩いているうちに、三人ほどがお菓子を買ってくるといって離脱した。さらに何人かが用事を思いだしたり、応援の友達を呼んでくるといい残して離脱し、見る間に数は減っていった。離脱した仲間は結局戻って来ることはなく、歩いているうちに十五人の兵士は八人ほどに減った。

藤森団地の前にある芝生の公園に確かに敵はいた。ぼくたちより一回り体が大きいのが四人。驚くべきことに一人は六年生ではなく、中学生だった。詰襟の学生服を着ていた。ぼくたちを見て、やれやれと一斉に立ち上がる。

「やるぞお」と仲間の誰かが威勢よく叫んだ。

こい、と向こうの中学生だか六年生だかが叫んだ。


とにかくぼくたちは突撃した。記憶を探れば池田敦《あつし》という小柄な同級生が、敵の六年生にプラスチックのバットを奪われて、追いかけ回されている情景が浮かぶ。

突撃時に何人いたかもうおぼえていないが八対四だったとしても、まるでかなわずに、すぐに散り散りになった。

怒鳴られたり、追いかけ回されたりしたが、結果的に誰も怪我《けが》をしなかったし、殴られもしなかった。見知らぬ六年生たちは手加減をしてくれたのかもしれない。今思えば、あれは戦ったというよりも、ごっこ遊びの相手をしてもらったのだろう。彼らが本気で敵として認識するには、ぼくたちはまだあまりに小さく幼すぎたのだ。しかしその当時の心境でいえば、見知らぬ小学校の大きな上級生やら中学生が、余裕たっぷりに怒声をあげて迫ってくるのだから、お遊びの一部とはいえ命の危険すら感じたものだ。

ぼくは団地の陰に隠れ、同じく撤退した仲間に誘われるままに、どこかの石段を登り、敵が追いかけてきたという情報に青くなって、戦国時代の落ち武者よろしく小道を遁走《とんそう》した。

いつのまにやら敵も味方も遠ざかり、見知らぬ用水路の脇《わき》の隘路《あいろ》を椎野春と二人で歩いていた。

当時の春は阪神の野球帽をいつもかぶっている華奢《きゃしゃ》な少年だった。

「雄也、このあたりの道わかる？」

ぼくは首を捻《ひね》った。

あやふやな地理感覚によれば、この水路沿いを藤森団地と逆方向に進むと、貯水池に行きあたるはずだった。社会科見学でその貯水池にある明治時代に作られた水門を見にいったことがある。

「適当に歩けばなんとかなるよ」

「道はちょっとばかし迷っても、あいつらに会わないように帰ろう」

「遠回りしてな」

戦意のかけらも残っていなかったが、プライドのために付け加える。

「まあ出くわしたって一対一なら負けないけど」

樹木は初夏の花を咲かせ、水路によりそう住宅街の塀から、植木鉢がせりだしていた。

どこかの枝で鳥が囀《さえず》っている。

水路の柵《さく》を小枝で叩《たた》きながら歩く。

春と一緒にどんどん進むと、やがて民家は消え、緑が濃くなっていった。コンクリートの水路が煉瓦《れんが》造りに変わっていく。

ガムか何かを取り出そうとしたところで、ヨーヨーがポケットから零《こぼ》れ落ちた。

ヨーヨーはころころと転がり、追いかける間もなく柵の下をくぐって水路に落ちた。

かけよって下を覗《のぞ》くと、水には落ちておらず脇の足場に転がっているのが見える。

黄色と黒のカラーが見栄《みば》えする、お気に入りの一品だった。

春が、あーあ、と冷やかす。

少し先に水路へとおりていく階段があった。階段の前に南京錠《ナンキン》のかかった鉄柵の扉があったが、春と一緒によじ登った。

少々どぶ臭い水路におりてヨーヨーを拾って戻ろうとしたところで、いかにもやんちゃそうな少年の声と、パン、とジュースの紙パックを踏み潰《つぶ》す音が頭上から聞こえた。

「でえ、けっきょく座間先輩がワンパンで勝負決めてよぉ」

そっと見上げると、おそらくは中学生であろう数人の少年が柵にもたれて何事か話している。みな柵に背を向けていて、こちらには気がついていない。紫煙の筋。何人かが煙草《たばこ》を吸っているのがわかった。

藤森団地の連中かどうかはわからなかったが、芝生で戦った奴《やつ》らよりずっと凶暴そうだ。水路から上がれば必ず彼らの視界に入る。経験上、からまれる可能性は高い。ぼくたちは忍び足でその場を離れた。おりてきた階段は使えないから、道路に上がれる別の場所を探すしかない。

ところどころで橋げたをくぐって歩く。水路から見上げる空が、樹木の葉に覆《おお》われ、薄暗くなった。進むにつれ周囲の壁は煉瓦から、苔《こけ》むした石積みのものに変わっていった。そのあたりまで来ると水は涸《か》れていて、濡《ぬ》れた落ち葉が一面に積もっている。水路というより古代遺跡の小道に入り込んでしまった気分だった。

やがて行き止まりになった。石積みの壁が行く手を阻《はば》んでいる。ぼくたちはふう、と息をついた。

「ヨーヨー落としたおかげで、あいつらと鉢合わせしないで逆に助かったのかもな」

春が胸を撫《な》で下ろす仕草を見せて笑った。

「ここでちょっと待ってからゆっくり戻ろうぜ。あいつらいなくなるかもしれないし」

だが見回すと、都合の良いことに、水路から地上に上がれる石段が近くにあるのを見つけた。戻る必要などないのだ。

階段を登りきると、見知らぬ野原がぽっかりと眼前に広がっていた。

余裕で野球ができる広い土地に雑草が青々と生い茂り、樹木があちこちにぽつぽつと生えている。

人影はなく、ゴミも落ちていない。遊具や、街灯、立て札、フェンス、ロープといったものもない。民家や電柱、送電鉄塔も見当たらなかった。そこにあるはずの見知った文明世界は忽然《こつぜん》と消えてしまっていた。

どこかで鳶《とんび》が鳴き、また静寂に戻る。

ぼくと春は少々圧倒されながら黙りこくって歩いた。

他所《よそ》の家の庭に踏み込んだような居心地の悪さが少々、奇妙な場所を発見した喜びが少々、不思議な懐《なつ》かしさが少々。歩くたびに足元の草むらから飛蝗《ばった》が飛翔《ひしょう》する。

地形が盛り上がって小山になっている場所があった。上ってみると野原の全体を見回すことができた。

どの方向を見ても、視界の先は垂直の崖《がけ》になっている。四方がぐるりと岩の崖に阻まれた円形の土地だ。どことなくローマのコロッセオを連想させた。水路はそんな隠された土地の岩壁の切れ間を、抜け穴のように潜っていたのだ。

「これじゃ家に帰れないな」ぼくはぼそりと呟《つぶや》いた。「戻ったほうがいいかも」

粗末な木造の小屋がある。ずいぶん老朽化しているようで、廃屋に違いなかった。

楡《にれ》の木、柳の木。池と見まがうほどの大きな水溜《みずたま》りもある。箱庭的な美しさのある景観だった。

雲が空を流れていく。風が吹き、四方を囲む崖の上の森が騒ぐ。

野原の中央に、卵型の大きな岩があった。太い注連縄《しめなわ》がしてある。

最初の瞬間には確かに〈やったあ、俺たち素敵な隠れ野原を見つけたぜ〉という興奮があったのだが、それもすぐに冷め、ここは大昔から美奥にある入ってはいけない場所、恐ろしい禁断の場所、そんな印象がどんどん強くなってきた。

「怖い」

春は蒼白《そうはく》な表情で注連縄の巨石を凝視しながら呟いた。

「怖いよ、怖い」

そのときの春の脅《おび》えは尋常ではなかった。

「早く帰ろう!」

春が震えながら叫んだ。

その瞬間だった。ぼくは春の後ろに、何かがいるのを見た。

それは——記憶の中のそれは、明確な形を持っていなかった。しいていえば、黒くぼやけた人型の霧のようなものだった。

直視するのも恐ろしく、ほとんど目を逸《そ》らしていたが、僅《わず》かな瞬間に目に入った部分はやはり真っ黒な霧としかいえぬものだった。濡れた土と何かが腐った匂《にお》いが漂っていた。

「うわあ」とぼくは悲鳴をあげ、春の手を引いた。


急流に放り込まれたような混乱の中、ぼくたちは黒い影から逃れようと、斜面を転がり落ちた。

膝《ひざ》を擦りむき、顔を上げると、黒いもやもやとした手が春の腕を摑《つか》んでいるのを見た。ぼくは咄嗟《とっさ》に転がっていた石をそのぼやけた黒い手にぶつけた。

手はするりと引っ込む。曖昧《あいまい》で悪夢的な存在だった。手ごたえがまるでない。

春が、雄也、雄也、と叫びながらぼくの肩を摑んで引き寄せた。きっとぼくの背後にも同じような腕が伸びていたのだろう。首筋にどぶのような息が吹きかかる。悲鳴をあげて腕を振り回した。

ぼくたちが暴れれば暴れるほどそいつはもやもやと拡散していくようだった。藤森団地の六年生など比べ物にならないほどやっかいで恐ろしい相手だ。

悲鳴をあげながらへっぴり腰で水路に向けて走った。

背後から巨大な煙の怪が、ぐねぐねとうねりながら迫ってくるような気がした。

水路に駆けおりてしばらくしてもまだ恐怖は消え去らず、動悸《どうき》もなかなか収まらなかった。ぼくたちはものもいわずに足早に家を目指した。春はずっと泣きじゃくりながら、のらぬらが出た、のらぬらが出た、と繰り返していた。「のらぬら」とは美奥に古くから住む、不潔な気配のお化けの名前だが、どんなお化けときかれてもうまく答えられない。「ヌラ」はここらの方言で「汚い」の意味がある。

家に戻ったのは夕方で、食欲がまったくなかった。熱を測ると三十九度あり、すぐに水枕《みずまくら》を出してもらって寝込んだ。

ヨーヨーをあの場所に忘れてしまったことに気がついたが、諦《あきら》めるしかなかった。

寝込んでいる間、奇妙な夢を何度も見た。

あの野原にざわざわと風が吹いている夢だ。

空には満月が浮かび、あの岩を囲むようにして、無数の獣の影が集まっている。狸《たぬき》、狐《きつね》、猪《いのしし》、犬、猫、梟《ふくろう》、猿、熊。

獣たちは時々身動きする他は穏やかにじっと月の光を浴びている。美奥の山野を駆け回り、仔《こ》を生み、やがては死んでいく名もなき獣たちなのか。

ぼくもそれらの動物と一緒に紛れて座っている。それとなく春を探して見回した。彼もまた少し離れたところでじっと座っていた。

夢の中では自分も人間ではなく、名もなき獣の姿をしているような気がする。俗世から解放された爽快感《そうかい》と共に、何か自分が大きなものの一部――社会というよりももっと原始的なものの一部――そんな存在になったような深い安堵《あんど》があった。

朝起きると熱が下がっていた。その日は一日ゆっくり休んでから、翌日に学校に行った。

教室で春に変な夢を見たことを話そうかと少し迷ったが止めた。春もまた野原の話は忘れたように話題にしなかった。

ぼくたちはほとんど暗黙のうちに、あの野原に踏み込んだことをクラスの誰にも秘密にした。たいしたことではない、町外れの森の奥に妙な地形の空き地があるというそれだけの話だといえないこともなかった。

見知らぬ男がぼくの前に姿を現したのは、何日かしてからの放課後だった。生徒が十人に満たない公文《くもん》式の学習塾からの帰り道で、ぼくは一人だった。

男はぼくの前に立って道を塞《ふさ》いだ。ピンクのワイシャツにビジネススラックス、両脇を刈り込んだ髪は、少しパーマがかかっている。年齢はわからないが二十六歳の担任の先生より年上に見えた。太鼓腹で少々気性の荒そうな人物だった。

それなりに人通りのある道だった。ガードレールの向こう側では車が走りぬけ、花屋の前で立ち話をしているおばさんがいる。

「おう、ボク」

ぼくは男を見上げて、内心身構えた。男がぼくを見下ろす目には怒りが滲《にじ》んでいるように見える。

「〈けものはら〉に入っただろう?」

背中から汗が噴出してくる。むろんこの男はあの野原についていっているのだ。そうか、あの不気味な隠れ野原は〈けものはら〉というのか。確かにふさわしい名前だ……。漢字は獣原? だが、どこかで見ていたのだろうか。

太鼓腹の男はぼくが衝撃を嚙《か》み締めるだけの間を与えた後いった。

「何のことかわかるか?」

「ごめんなさい、でも」中学生に追いかけられて、と、言い訳を口に出そうとするのを男は遮った。

「言い訳すんな。こないだボクと、ボクの連れが水路を泣きながら歩いているのを見かけてな。ありゃあ、ボクだったろう？」

「ごめんなさい」

「〈けものはら〉は遊び場じゃないよ」

「もう行きません」

「当たり前だ。あんなところで遊んでいると、どうなるか……化け物に変わっちまうぞ」

化け物に変わっちまう、の意味がよくわからなかったが、もう一度ごめんなさいと答える。

さらにねちねちと叱《しか》られそうな気がしたが、意外にも男の話はそれだけだった。男は最後に一回じっと睨《にら》みつけると、そのまま歩き去った。何者なのかわからないが、以後その男を見かけることはなかった。

春とは同じ中学校に進んだ。一年、二年とクラスは別だったが、同じ陸上部に所属したこともあって、親交が薄まることはなかった。

春の父親から電話のあった翌日、彼は学校に来なかった。父親があちこちに電話をかけたせいであろう、春の失踪《しっそう》は早くも教室で噂《うわさ》になっていた。単純な家出なのか、何かの事件なのか、誰も知らなかった。

春の身長は十五歳までに百七十五まで伸びていた。利発で運動能力も高い。二年生の三学期だったか成績表を見たが、主要五科目は四と五しかなかった。いくらなんでも変態おじさんに狙《ねら》われる年齢ではないし、理由もなく家出をするような性格でもなかった。

2

薄曇りの放課後、藤森団地の近くを流れる見覚えのある水路の脇《わき》に自転車をとめた。このあたりに足を踏み入れるのは小学生のときの戦争ごっこ以来だった。その後近寄る機会はなく、また近寄ろうとも思わなかった。

誰も見ていないことを確認して、四年ぶりに水路へとおりていく。〈けものはら〉はまだあるだろうか？

周囲を囲む崖。生い茂る雑草。注連縄の石。

野原は変わらずそこにあった。ぼくの成長によるものだろう、初めて見たときよりも狭くなっているように感じたが、それでもずいぶんな広さだった。

あの日の黒い化け物のことを思い出す。あれは現実だったのか。パニック心理の幻覚だったのか。石段を登ったところでほんの少し怖気《おじけ》づいて立っていると、

「雄也」

と、背後から唐突に名前を呼ばれた。

振り返るとジーンズに上半身裸といった出で立ちの春が困惑気に立っていた。目の下にくまができ、泣いたような痕跡《こんせき》もある。ずいぶん疲れているように見えた。

「おお。やっぱ雄也か。何やってんの？」

「おまえこそ、何やってんだよ」ぼくは安堵しつつ、慌《あわ》てて返した。「やっぱりここにいやがったか。どう？　俺の第六感」

「俺……」春はいいかけて口を噤《つぐ》んだ。

「みんな心配しているぜ。昨日はおまえの親父《おやじ》から電話あったしな。なんでこんなところにいるんだ？」

春はぼくの顔をじっと見た。それから天を仰ぎ、周囲を見回す。

「雄也。おまえ、一人か？」

ぼくは頷《うなず》いた。

「春は？」

「俺も一人だよ」

木の枝にTシャツが干してあった。春はTシャツをとると、袖《そで》をとおした。

「それ湿ってない？」

「洗ったから。でもちょっとは乾いている。大丈夫」

「洗ったって、水溜りで？」

春は答えずに、目を細めてあくびをした。

「ああ眠い」

ぽつぽつと雨が降ってきた。ぼくたちは廃屋の軒下へと移動した。腐りかけた縁側の板に腰掛ける。

春が望んでここに隠れているのだとすれば、誰かにそれを話すつもりはなかった。ただ理由は知りたかった。

春は雨を眺めながらじっと黙っていた。やがてぽつりといった。

「ここっていつか、何か出たよな。ヌラいお化けみたいなの」

「ああ」ぼくは同意した。「わかんないけど、ここはヌラいもんいるだろ。確実に。〈けものはら〉っていうんだって」

「ふうん」春が面白そうに目を見開く。「誰がいった？」

「変なおじさん」その昔、通りすがりのおじさんに怒られたことを説明する。

「じゃあ、けっこう有名なのかな。知る人ぞ知るってとこか……」

「有名かどうかわかんねえけど、でも入っちゃいけないところだろ。おまえ、おっかなくねえの？」

「別に」

「なんだよ別にって」

いつからいるの？　と訊《き》くと、春は、一昨日から、とそっけなく答えた。

「いいんだよ、俺はもう」

何がどういいのかわからなかった。

雨足が強くなり、野原が煙る。空の一部に青いところが見える。天気雨だ。

春は縁側の板の上で蹲《うずくま》った。泣いているように見えた。

スコールのような雨が上がると、廃屋に春を残して、一人野原に出た。あちこちに小さな虹がでている。地面が冷えて少し涼しい。

ふと草の合間に見覚えのある光るものを見つけた。

あれっと声を出す。

拾い上げた瞬間、磁石を引き剝《は》がすような奇妙な感覚を味わう。

黄色いヨーヨーだった。

四年前に自分がここで落としたものだと確信したが、それにしては塗装は剝げておらず、糸も腐っていない。新品同様に見える。不思議だった。よく似た別のものだろうか。

シャツの裾《すそ》でヨーヨーの水滴を拭《ふ》くと、ポケットにしまった。

他にも何か面白いものが落ちていないかと、ぶらぶらと歩く。

楡《にれ》の木の近くで、不潔なぼろ布のかたまりのようなものが視界に入った。布の隙間《すきま》から覗《のぞ》く青白いもの……靴をはいている。足？　黒い海草のようなもの。髪？

うっと息を呑《の》む。

死体だった。

こちらに背を向けた形で倒れているが、女であることがわかる。慌てて目を逸《そ》らした。胸苦しさで目がまわる。

「どうした？」

振り向くと春が後ろに立っていた。春は暗い眼差しでぽかんと口を開いている。こんな春を見るのは初めてだ。ぼくは呻《うめ》きながら死体を指した。

「あれ、死体……ほら死体」

「ああ、あれな」

「どういうことなんだよ」

春は目を瞬き、僅《わず》かな間、躊躇《ためら》ってからいった。

「あれ、うちの母親」

「えっ」

ぼくはうろたえた。どういうことやら全く理解できないが、ぼくの知らぬ間に何かが起こったことだけはわかった。

あのぼろ雑巾《ぞうきん》のような死体が春の母親なのか。春の母親——母を名乗る女。

ぼくは、春の母親についての諸々の詳細を彼の口から何度かきいて知っていた。春が母親について話すときには、普段の彼が決して見せることのない酷薄な表情が浮かんだ。

椎野春の母親は春がちょうど小学校に上がる手前ぐらいの年に、家からいなくなった。その後春は祖母と父親に育てられた。

ぼくは二年生か、三年生の頃に春からニューヨークの絵葉書を見せてもらったことがある。

〈こちらは順調で、毎日楽しいです。春ちゃんも元気にやっていますか？〉

よくおぼえていないが絵葉書はそんな文面だった。春の母親がアメリカから出したものだった。

その当時は春の父も、母親は事情があってアメリカで暮らしているのだ、とだけ説明していたらしく、春は離婚やら再婚うんぬんの理解はしていなかったのだろう。ぼくが絵葉書に感嘆しながら、おまえの母ちゃん外国に住んでいてすげえなあ、というと、まんざらでもない顔をした。

その後、春の母親はアメリカ人と離婚して帰国し、東京で別の男と再婚した。次の相手は日本人だった。

春が小学校四年生のときで、やはり近況報告のように手紙が来たという。ぼくはこちらの手紙は見なかったが、以前と同じような内容だったと春はいった。

春の祖母は、春が小学六年生のときに死んだ。葬儀で親戚《しんせき》が家に集まったとき、通《つ》夜《や》に大人たちが話しているのを盗み聞きして、春は母親のその後を知った。

母親は、東京の夫とはまた別の男と睡眠薬を飲んで心中未遂をしでかしていた。不倫相手なのか、行きずりの男なのかはわからない。結局、男のほうだけが死に、彼の母親は生き残った。母親は刑務所に入った。

そんな春の母親が唐突に美奥に現れたのは、去年の秋だった。約十年ぶりの再会だったという。

「昨日、俺の前に母を名乗る女が現れてさ」

部活の帰りに二人で立ち寄ったラーメン屋で、春は苦笑いを浮かべながらそのようにいった。

「母を名乗る女？」

ぼくは眉《まゆ》をひそめて、読みかけの少年サンデーを置いて聞き返した。

「学校帰りにさ。俺の前に派手めの中年の女が現れたんだ。で、『春ちゃん』とかいうの。『誰ですか』ってきいたら『お母さんよ』って」

「ああ、おまえのお母さんってあの」

だいぶ前におまえが打ち明けた心中未遂の。

「そうだよ」ラーメンが運ばれてくる。

「いきなり登場？」

「いきなりだよ」

割り箸《ばし》を割る。

「戻ってきたのは、ばあちゃんが死んだからとか、他に行く場所がないからとか、そんな理由だろうけどな。でな、その女はこういうんだ。『本当に大きくなったわ。春ちゃん。どう、ちゃんと食べている？　ちょっと痩《や》せているんじゃない？』って。どう思う」

過去の事情を春から聞いて知っているだけに、なんといえばいいのか今ひとつわからなかった。春がその女の登場をどのように捉《とら》えているかで、かけるべき言葉も変わる。

「ふうん、で、春はなんと答えた」

「俺はこう答えた。『そちらこそ』そうするとその女は『まあ、心配してくれてありがとう』と返した。もう俺は我慢できずに、ずばりと忠告してやったよ」

少し間を置いてから春はいった。

「『あんたも、死ぬんなら、人に迷惑かけないように死なないとね』ってな」

春はそこで乾いた笑い声をあげた。そこが話のオチで、痛快な笑いどころであるといいたげだったが、他人の母親を一緒に笑っていいのかどうかわからない。へえ、と無関心な相槌《あいづち》を打った。

「今までなんとも思ってなかったが、会って顔見たら異様にむかついてきてさあ」

「厳しいねえ」麺《めん》をすする。「まあ、でも、なあ。それで……その人、どう反応したんだ？」

「黙っていたけど、それから薄気味悪い笑みを浮かべた。にたあっと」

春は身の毛がよだつというふうに肩をすくめた。


それから今に至るまで、春と母親の話はしなかった。

春のほうから話してきたら、いくらでも相談に乗っただろうが、彼は話さなかったし、ぼくもきかなかった。そもそも他人の母親の話など、それがどんな人物だろうと居心地の悪いものだ。ぼくは何事にも穏やかな優しさを持って接する春が、母親に関する話題のときにだけ見せる黒い憎悪《ぞうお》が好きでなかった。

そして今、件《くだん》の母親は目の前で死体となって分解途中なのだ。

「おまえさ、誰にもいわないでくれるかな」

「ん。ああ」混乱しながら低い声で答えた。

春はぼくから目を逸らし、苛立《いらだ》たしそうに体を震わせると、廃屋の方へと戻っていく。

ぼくは春の背中を追った。

「やっぱ一緒に警察に行こう。警察に」

春は途方に暮れた目でぼくを見た。少しの間があった。

「雄也、もういいから、黙って帰ってくれ。俺は帰らないから。なあ？　関係ないんだからさ、おまえには」

ぼくが黙って立ち竦《すく》んでいると、春は、

「よくわかんねえんだよ、俺にもよ」とふてくされたように下を向いた。「一昨日の夜、気がついたら俺はここにいて、母親の死体が転がっていた。夢の中にいるみたいだった」

ぼくは続きを待った。

「朝になったら俺はこの廃屋で倒れていた。ずっと食べていないのに腹は減ってなかった。喉《のど》は渇いていて、水溜《みずたま》りの水をちょっと飲んだんだ。それからおまえが来た」

「なんでそんなことになるんだ？」

「知らん」

嘘《うそ》だと思った。知らないはずはない。春のTシャツに目をやる。汚れが血の痕《あと》に見えぬこともない。

「ここが〈けものはら〉だからじゃねえの？」

春は寝転がり、寝息をたてはじめた。

ぼくは春を野原の廃屋に残し、一人水路を歩いて住宅街に戻った。

雨上がりの空の下、まっすぐ派出所の前まで歩いた。派出所は空だった。そのまま歩き去る。警官に何かを話そうという気はなかった。ただ派出所を見たくなっただけだ。

駅前へ向かうおでんの屋台が脇《わき》を通り過ぎる。母親の死体が転がった野原の廃屋で、じっと身を潜めている同級生がいることを考える。

雨雲は西日を浴びて橙色《だいだいいろ》に輝き、町角の古木が黒くなっていく。生温かい湿気た風が吹いていた。

その晩、ぼくは例のヨーヨーを取り出した。改めて撫《な》で回すとプラスチックとも金属ともつかない奇妙な質感があった。何年も野晒《のざら》しで放置されていたとは到底思えない見事な光沢で、傷一つない。投げてみると、独特の重みと『引き』が感じられる。果たして小学五年生のときのぼくのヨーヨーはこんな風だったろうか？

ぼくはヨーヨーを引き出しにしまってベッドに寝転がった。

蛙の声と月の光。窓から忍び込んでくる夜気に、少し甘い匂《にお》いを嗅《か》ぎ取る。約束通り誰にも話さなかったのだが、それで良かったのだろうかと思いながら眠りに落ちた。

夜明けと共に目を覚まし、自転車に跨《また》がって〈けものはら〉に向かった。

3

「また来たのか」

朝もやの廃屋で、春は気の抜けた顔で座っていた。

ぱっと見た瞬間、ぼくは春ではない別の人物がそこにいるのではないかと思った。

それほどに彼は変貌《へんぼう》していた。一晩でずいぶん髪が伸びている。髭《ひげ》も生えていた。ずいぶん毛深く、目の色もなんだか薄くなったみたいだ。

「昨日の夜は、何かあった？」

春は物憂《ものう》げに首を横に振った。気力を使い果たしているようだった。

「別に」

春は身を起こすと、廃屋の切り株椅子《いす》に腰掛けた。気だるい沈黙を置いてから彼は口を開いた。

「おまえ、高校どこ行くんだっけ？」

「高校？」ぼくは拍子抜けしながら首を横に捻った。「森が丘高校か、美奥工業かな。古賀がいうには、内申的には森が丘、ぎりぎりって。もしも今年の倍率が高いならやめたほうがいいって。正直美奥工業はあんまり行きたくないけど。男子校だし」

春は小石をとって何もいない野原に投げる。小石は放物線を描いて野原に消える。

「森が丘なら、俺も一緒だな」

「おまえの内申なら余裕だろ……高校行くならここから出ろよ」

「行かねえかも」

「ライバル減ってラッキー」

腕時計を見ると、午前五時半だった。まだしばらくはここにいられるが、学校が始まる時間までには帰らないといけない。

春の腕に目を向ける。隙間があまり見えないほど毛が密集し、手の甲や指にも剛毛が生えてきている。なんだか春が怖くも感じる。

「雄也は今、誰が好きなんだっけ」

「今度はいきなりオンナの話かよ」

眉をひそめながらも、少しほっとした。呆《あき》れ顔で春を睨《にら》むと、少し明るい表情でぼくの答えを待っている。ぼくは咳払《せきばら》いをした。

「松坂がいいかなと思ってたけど、大塚も捨てがたい。話すとけっこう魅力あるんだよな、大塚は。あと、補欠で藤岡かな」それからいかにも、たった今何気なく思い出したようにつけ加えた。「あ、補欠といえば……佐藤も、まあかわいいではあるな」

「四人同時」

「ハーレム作りたいな。いい部分だけとって完璧《かんぺき》なのを作るとか……あ、でも佐藤はたぶんおまえのこと好きかもしれないぞ。少し前に春に好きな人がいるかどうかって俺にきいてきたから。今回だってすごく心配している。どこ行ったんだって」

春は笑った。

「あいつ先輩とつきあってたよな」

「知ってる。バレー部の前里先輩だろ。別につきあってるって風でもなかったけどな。とにかく佐藤はたぶん今おまえが好きだ。顔見せてやれよ」

「俺は佐藤苦手」

「え、なんで、あいつ性格いいって」

「別にいいじゃん、俺が苦手だからって。なあ、それより藤岡っておかしくないか？藤岡って藤岡美和だろ？」

　ぼくは吹き出した。

「おかしいのはおまえだ。藤岡美和はかなりいいぜ。そりゃ少し地味だけど……素朴なよさっておまえにはわかんねえのかな。今日、学校でよく見てみろよ。あーもう、なんかぜんぜん話し合わねえよな」

　春は少し笑い、無念そうな顔を見せた。ぼくたちはしばらくクラスメートの話をした。

　話が尽きたところでぼくはいった。

「帰らないのか？」

　春は首を横に振った。

「俺、もう終わっちゃってるからさ。帰れないんだ」

終わっちゃってる？

「そんなわけねえだろ。水路から……」

「いいや。おまえは大丈夫なんだろうけどさ」春は別になんでもないのだ、という風に続けた。「実はその水路、俺にはただの地面だ」

ぼくは目を瞬いた。

「なんだって」

春は首を横に振る。

「ただの地面なんだよ。昨日あたりから。たぶん、俺が見ている野原と、お前に見えている野原は違うんだと思う」

あとさ、と春は続けた。

「ここは岩壁に囲まれた土地だったろう？　その岩壁が、時間と共にだんだん薄く透明になっていくみたいなんだよ」

ぼくは立ち上がって外に出ると目を細め、周囲を見た。垂直にそそり立つ絶壁には威圧感すらあり、薄くも透明でもない。

「普通だろ」

「だからおまえと違うんだって。俺が見るとなんかぼんやりと向こうに……蜃気楼《しんきろう》みたいに野原が透けて見える。もっと大きな野原が」

「ちょっと立って、ちょっと」ぼくは少し苛立ち、春の背中に手を伸ばした。彼の言葉が俄《にわ》かには信じられず、座り込んでいる彼を起こして、岩壁を一緒に見たり、水路の前まで案内してみようと思ったのだ。

肩に手が触れた瞬間だった。

春の肩から、何か真っ黒なものが円形に、ざわっと波立った。細かい灰に手を突っ込んだ感触だった。

塵《ちり》の粒子が舞う。同時に土とミントの匂いが湧《わ》き上がった。

慌《あわ》てて手を引っ込める。春の肩が黒い霧のようにぼやけて見える。見覚えがあった。あの日の怪物と同じだった。

見ているうちに、肩は元通りになった。

「今、画像がぼやけたみたくなったぜ」

ぼくが小さくいうと、春は何のことだ、と不審そうにぼくを眺めた。気がつかなかったのかもしれない。思わずなんでもない、と答える。

「おまえ春だよな」

「おまえ雄也だよな」春はつまらなそうに返してから繰り返した。「ただの地面なんだ」

ぼくはそこで、ようやく事態が抜き差しならぬところにあるのだと悟った。彼はここに見えてぼくと会話をしながらも、ぼくが干渉できる領域にはいないのだ。

4

「ゆ、う、や!」

休み時間の廊下で、どん、と背中を押された。佐藤愛だった。

三年で一緒のクラスになってから、佐藤愛はぼくのことを雄也と名前で呼ぶ。春のことは椎野君と呼ぶ。何故《なぜ》なのかは知らない。

「ねえ、椎野君はなんで学校来ないわけえ」佐藤は意味もなくふらふらと揺れながらいう。

「知らんよ」

「噂《うわさ》になってるよ。家出したって本当?」

「そうなの?　知らないって」

「だって椎野君、雄也と仲いいから。なんか聞いてるんじゃないのお」

「いいや、全然」

「隠すなあ」

佐藤は顔をあげてぼくの顔をじっと見た。

思わずして「廊下で見詰め合っている二人」という恥ずかしくも甘い空気が一瞬流れた。いや、ぼくがそう感じただけで、実際には甘い空気など流れなかったのかもしれない。ぼくは目を逸《そ》らした。

「なんだよ、じろじろ」

「んー別に」佐藤はふふっと笑った。「嘘《うそ》ついている顔かなあって思って」

わかるもんか。ぼくは思った。何一つわかるもんか。

「もし、椎野君と雄也の間で何か秘密があるんだったらさ、アイにも教えてよ。誰にもいわないから混ぜて」

「そんなもん、あるか。気持ちわりい」

「そう？　なんかねえ、勘だけど、二人のあいだには何かあるような気がするんだよね。妙なところで仲がいいっていうかさ。ところで志望校決めた？」

「さあ、佐藤は？」

「森が丘に決まってんじゃん。一緒にいけるといいね」

「ああ」

「椎野君も森が丘一緒なんだよ」

「あいつ、もっといいとこいけばいいのにな」

「推薦とるんだって」

「詳しいなおまえ」

鬼ごっこをしている生徒がはしゃぎながら通り過ぎる。佐藤はすっとぼくから離れた。

なあ、と呼び止める。

「佐藤、けものはらってきいたことある?」

佐藤愛は怪訝《けげん》そうな顔をした。人差し指を頬にあてて、しばらく考え込む。ぼくが口を開きかけると手で制した。

「ああ、待って待って、いわないでいわないで。今思い出しかけたから。なんかなんかああ、美奥に昔あったちょっと怖いところみたいな?」

「あ、知ってる?」

「お母さんに聞いたことある。お母さん、他所《よそ》から来た人なのに、妙に詳しいんだよね。えっとねえ、お母さんがいうには……そこに猫を捨てたら一週間後に犬になって戻ってきたんだって」

思わず、はあ？　と聞き返した。佐藤愛はよく知らなーい、とはしゃいだ後にくすくすと笑った。

「あとねえ、夜になるとそこにはお化けが集まるんだって。迷い込むとお化けの仲間になっちゃうんだぞ。あれ、なんでそんな変な顔してんの？」

なあ、佐藤、その場所は「昔あった」ではなくて「今もある」んだ。椎野春が今そこに隠れているんだ。そんな台詞《せりふ》が出かかった。だがぼくが口を開く前に、佐藤が、そんなことはどうでもいいといわんばかりに話を変えた。

「あたし、高校行ったらアイドルになるんだ」

「え、アイドル」

「そうそう、タレント事務所のオーディション受けるの。いいでしょー。あたしのサイン欲しかったら今のうちだよー」

ぼくが呆気《あっけ》にとられているうちに、彼女はふふふふ、と嬉《うれ》しさ一杯にくるりと反転すると去っていった。廊下の隅にたまっていた数人の女子が、「佐藤気持ちわりい死ねっ」と口々に呟《つぶや》くのが聞こえた。

放課後、ぼくは美奥中央図書館に足を向けた。〈けものはら〉について調べるためだ。

佐藤愛のアイドル志望宣言を聞いてから、妙な失恋感にじわじわと責め立てられ、少しばかりへこんでいたが、そんなことに頭を悩ましている暇はなかった。

郷土資料のコーナーから何冊もの本を抜き取りテーブルに向かった。ぺらぺらとめくっては棚に戻す作業を繰り返す。

〈美奥の民間伝承〉という、民俗学研究の自費出版らしき本に、目当ての記述があった。

『化生岩・けものはら』

化生岩の発祥は江戸時代のはじめ頃で、美奥の原野に空から大岩が降ってきたという。

その後大岩の前で死んだ牛が、三晩を経て大鷺《だいさぎ》に変化して飛び立ったことから、大岩には神が宿っているとされ祀《まつ》られた。また大岩のある野原に真夜中に立ち寄ったり、大岩に触れた者は獣に変化してしまうとも噂された。そこからその一帯は〈けものはら〉とも呼ばれた。

飢饉《ききん》の際に死者を野原に並べたところ、三晩を経て死体は消え、村に牛や豚の群れが現れたという。

明治まで信仰は続いたが、神社合祀《ごうし》政策により社が取り壊されてからは廃《すた》れた。なお化生岩のある野原は、現在の藤森地区にあったといわれるが、正確な位置はわかっていない。同地区の開発と共に消えたのだろう。

最後の一文からこれを書いた人が実際の〈けものはら〉を知らないことは明白だった。知っていて存在を隠すための一文と勘繰ることもできたが、それならば最初から紹介しないだろう。

閉館時刻まで調べたが、けものはらについてそれ以上の情報を得ることはできなかった。何もないよりはましだったが、真偽定かならぬ謂《い》われを知ったからといってどうすることもできない。――あそこにいると変わるのだ。

その夜、ぼくは部屋の明かりを消すとベッドでじっと寝転がって壁を眺めた。

春が月光を浴びながら、〈けものはら〉の強烈な影響を受けて、じわじわと確実に変化していっている。

引きとめようがないのだ。

目が覚めるとまだ仄暗《ほのぐら》かった。ベッド脇《わき》の目覚まし時計は四時をさしている。ぼくは素早く着替えて外に飛び出すと、自転車に乗った。

5

春は廃屋で蹲《うずくま》っていた。ぼくが現れると、顔を上げる。髪は伸び、顔中が毛に覆《おお》われていた。瞳孔《どうこう》の色は金色になっている。さらに人間から離れていっている。

「おお、雄也」

しゃがれ声だった。

「コンビニでいろいろ買ってきたよ」

ぼくは、漫画雑誌や、2リッター入りのウーロン茶や、サンドイッチの入ったビニール袋をそばに置いた。

春は目を細めて一瞥《いちべつ》した。

「眠いなら寝ていろよ」

「いや、大丈夫だ」

ぼくはおそるおそる春のそばに座った。

「びびってんのか？」

「ちょっぴりな。狼《おおかみ》男だろ」

春は自分の腕の毛を眺めると、再び膝《ひざ》の間に顔を埋めた。

「岩壁はどんどん透明になっていく。もうじき自由になるんだ。俺、もう少ししたらここから出て行くぜ。でも、それはおまえらの世界じゃない。別のところだ。おまえらが、見たことも行ったこともないところだよ」

「どこだよ」

「もっと大きな野原の世界」

「そりゃ駄目だ」

「どうして？」

「だってそれって自殺に近いだろ」

春は顔を上げてぼくを睨《にら》みつけ、さっと立ち上がると、ぼくの買ってきたサンドイッチの袋を摑《つか》み地面に叩《たた》きつけると足で踏みつけぐしゃぐしゃにした。

抗議の声をあげようとした次の瞬間、ぼくの鼻に熱い衝撃が走った。鼻血が噴き出す。春が殴ったのだった。ぼくは戦意もなく鼻を手で押さえ、春を見上げた。

春は黙って目を剝《む》き、軽蔑《けいべつ》も露《あら》わな声でいった。

「おまえ、自分のことでもねえのに、〈そりゃ駄目だ〉とかなんとかいってんじゃねえよ」

ああ春のいう通りだ、と思った。全《すべ》ては嘘くさい。必ず死ぬとわかっている末期の病人のベッドで、死ぬな、とか、がんばれとかいっているようなものだ。でも自分がどこに立って何をいったらいいのかわからない。

「もう帰れよ」

ぼくは鼻を押さえたまましばらく黙っていた。このまま帰ったら、それっきりで、そのことはずっと残ると思った。

「ごめん」

少ししてから、意外にも春は殴ったことを詫《わ》びた。ぼくは俯《うつむ》いてじっとしていた。鼻の痛みがひいてからいった。

「いいよ。大丈夫。なあ、母ちゃんの死体のこと話せよ」

「どうして？」

「知りたいんだよ。何が起こってこうなったのか」

春は諦《あきら》めまじりのため息をついた。

「あいつが家に来てから、何もかもが狂った。親父《おやじ》は復縁するつもりはなかったが、それでも俺の母親なんだから仕方ないと思って家に置いたんだ。親父は『男なら器を大きく持て』というのが口癖だけど、結局のところ義理人情とかそういうのを食い物にされているだけなんだよな……。

まあ、それはいい。結局仲良くはならなかった。予想通り、行き場所がなかったから親父のところに来ただけだった。いい年こいて人が嫌がるようなことを好んでしては、自分が周囲にどれだけ甘えられるものかを試し続けるような奴《やつ》だった」

「それで……」

「なんだかずいぶん昔の記憶みたいだ。もうどうでもいいという気もしてくる。ここにいると時間の流れが妙な具合で、一時間が一年ぐらいに感じるよ」春はあくびをした。「必要もないからいわなかったが、実は俺がここに来たのは、小五のときにおまえと一緒に来たのが最初じゃなかった」

五歳ぐらいのときの記憶だ。俺は母親と一緒にこの野原に来たことがあったんだ。

どうやって入ったのかはわからない。寝ているうちにおぶわれて水路を通って連れてこられたんだと思う。

俺たちはピクニックみたいに野原の岩に腰掛けていた。母親と俺の二人だけで、他には誰もいなかった。

母親はまだ若くて、じっと俺を見ていた。

あまり穏やかな目つきじゃなくて、なんだか怖かった。母親の膝の上には、オレンジ色の水筒があった。

母親は水筒のカップを外し、お茶を注いだ。

そしてカップを俺にすっと差し出した。

マニキュアを塗った細い指、化粧をしていたことを覚えている。母親の手に持つカップが微《かす》かに震えていた。

飲みなさい、とはいわなかった。ただ無言で差し出されたんだ。

俺はカップを両手で受け取った。

もしも他の状況だったら、飲んでいただろう。母がお茶を注いでくれた——飲むことに何の躊躇《ちゅうちょ》もない。でもそのときは、母親の表情に浮かぶ微妙な緊張なんかで、何か妙だな、と感じたんだ。周囲の森が、草木が、飲んだらいけないってざわめきながら俺に囁《ささや》いているようだった。

離れたところにあの注連縄の石があったよ。

よくおぼえている。幼児だからわかることとってある。この場所の孤立をひしひしと感じた。岩に囲まれているせいもあるけど、それだけじゃない。無人島に母親と二人っきりでいるようなものさ。でも人間社会からは孤立しているけれど、別の何かには通じているような、不思議な気配もまた感じていた。

俺はカップを持って母親が何かいうのを待った。飲みなさいといわずに、捨てなさいというかもしれない。

母親は何もいわなかった。上目遣いでじっと顔色を窺《うかが》っている俺に、苛立《いらだ》っているようだった。俺はだんだん怖くなってきた。飲みたくない。だが、飲まないと怒られるような気がする。そもそも、目の前にいるのは本物の母親なのか。母親の皮をかぶった何か良くないものなんじゃないか。

俺はお茶を口に含んだ。

母親は俺から目を逸《そ》らし、俯き加減に額に手をあてると、ああ、と悲嘆にくれた声をあげた。

俺は母親が顔を逸らした隙《すき》に、口に含んだものをそっと草に吐いた。見られていなかった自信はある。

母親は目に手をやって顔を伏せたままの姿勢でしばらく黙っていた。

俺は母親にカップを返すといった。

「飲んだから、もう帰ろうよ」

「許してねえ」

母親は顔を上げると俺の頭を撫《な》でた。その目に涙が浮かんでいた。どうして泣くんだろう？　俺までつられて悲しくなった。

なんとなく眠くなり、意識が途切れた。疲れて眠ってしまったのかもしれないが、母がお茶に入れた成分が少しは胃に入ったのかもしれない。

深海に一万年も沈んでいるような夢を見た。

真っ暗で、ぬるりとした水が自分を包んでいて、白い藻屑《もくず》が舞っている。そこには昼も夜もない。ただ自分の鼓動だけがある。

気がつくと夜だった。

俺は叢《くさむら》に仰向けに倒れていた。無数の星が空に瞬《またた》いていた。寝ながら吐いたんだろう。ゲロが近くにあった。

背中が地面にべったりと張り付いている感じで、ことによるとここの地面は俺を放してくれないんじゃないかと思ったが、なんとか引き剝《は》がすように立ち上がった。ステージで喝采《かっさい》が起こったようなざわめきが野原の風に生じ、鎮《しず》まった。

母親を探したがいなかった。

誰もいない閉ざされた土地に一人ぼっちでいることが理解できた。寒かった。

どこか遠くで狼の遠吠えみたいなものをきいた。日本に狼がいないことを知ったのはずいぶん後で、そのときは狼の遠吠えだと思った。


黒い影が立っていた。

自分より少し年上の着物姿の男の子だ。今考えると、人間ではなかったと思う。でも、当時の俺は、助けになるのはその影しかいないと思って頼んだんだ。

「ぼくおうちに帰りたいよ」

吟味するような間を置いてから、男の子は黙って俺の手をとった。

水路を出て、蛍光灯の明かりがぽつぽつとある薄暗い道まで出ると、そこで男の子は、前を歩いている女の人を呼び止めた。

「カナエさん」

カナエさんと呼ばれた女の人が振り向く。あっと思った。

俺の保育園の保母さん――カナエ先生だった。

カナエ先生――保母さんのほうも、俺に気がつくと、あらっと声をあげた。

「春ちゃんじゃないの。どうしたの一人で」

一人？

周囲を見回したけれど、着物姿の男の子はいなくなっていた。

カナエ先生は買い物袋をぶらさげている。

「お母さんか、お父さんは」

俺は首を横に振った。保母さんに会えた安堵《あんど》と共に、何もかもが恐ろしくなり、へたりこんで泣き始めた。

保母さんはそんな俺を背負って家の前まで運んでくれた。

家に入るのはなんだか怖かった。受け入れてもらえないような気がしたんだ。家の前の路上にパトカーが止まっていた。玄関のベルを鳴らすと父親が出てきて、俺をじろりと眺めた。それから、家の中に向かって「おい！」と怒鳴り声をあげた。

母と警察官があたふたと出てきた。母はものすごく大げさに俺を抱きしめると、ああ、よかったよかった、と泣きながらいった。私の宝物。ああ、よかったオチビちゃん、怖かったでしょう、ねえ、大丈夫？　どこも怪我《けが》はない？

俺はすごくほっとしたんだ。ああ、よかった、俺は家にいてもいいんだってね。何か悪い夢の中にいて、今全部元通りになったって思った。

母とは公園ではぐれたことになっていた。俺は特に否定しなかった。大人がそういうならたぶんそうなんだろうとも思ったからだ。水筒のお茶を飲むふりをして吐いたことなんかは黙っていた。何か「ある方向」に話を展開すると、せっかく安心したことが端からぼろぼろと崩れて、悪い夢の中に連れ戻されてしまうような気がした。

母はそれから数日後にほとんど失踪《しっそう》したようにいなくなった。

いきなりアメリカに行ったんだよ。

おまえと一緒にこの野原に入った小五のとき、すごく怖くて、嫌な気分になった。最初はどうしてだかわからなかったけれど、家に帰るまでに、ああ、あそこは前に来たことがあったよなって、全部思い出したんだ。

ここは、四方を囲まれて、美奥で一切人の来ない特殊な場所であり、入り口を知らなければ飢え死にするまで外には出られないだろうってことも改めて確認した。悪夢の中じゃなくて本当にある場所なんだってな。

母親が何を企《たくら》んだのかもわかっちまった。

悲しかったよ。

ずっと前におまえにも話したけど、俺の母親は去年戻ってきた。

母親は俺が〈けものはら〉のことを記憶しているとは全く思っていないようだった。自分がかつて何をしようとしたのか都合よく忘れちまったのかもしれない。

母親の口から出る台詞《せりふ》は、ごくありふれたことでも、異常なほどむかついた。「ちゃんと勉強しなさい」とか「お風呂《ふろ》は後に入る人のことを考えて、もう少しきれいに使ってね」とかそういうことでもさ。

母親は何故《なぜ》か金を持っていた。機嫌のいいときには無造作に金をくれた。俺の屈折した感情は金で全て解決するはずだと信じている節があったな。

意味もなく、五千円とか一万円とか、多いときには三万円もくれたよ。

——春ちゃん、これ、とっておきなさい。

そんな風にしてな。もちろんこの点に限ってはいい話だと思っていた。もらった金で服を買ったり、CDを買ったり、貯金をしたりした。俺から要求したことはないよ。勝手にくれるんだ。

母親はいつも家にいるわけじゃない。あちこちに出かけて何日も帰ってこないことがよくあった。仕事をしているのかどうかもわからない。

いったい俺に渡す金はどこから来るのだろう？

俺は後をつけてみたんだ。あいつがどこで何をしていようが、基本的には知ったことじゃないけれど、自分に無造作に渡される金がどこから来るのかはどうしても知っておきたかった。たとえばどこかで労働して汗水たらして稼いだ金なのかどうか、とかね。

俺は調査の末に、母親の稼ぎの元がパチンコであるらしいことを発見した。パチプロ並みに稼いでいたかどうかはわからないけれど、下手ではなかったんだろう。

俺は父親にいったんだ。

「あいつ、パチンコに通って、稼いでいるんだよ」

父親は憤慨するかと思ったが、微かに眉《まゆ》をひそめただけだった。

「別にいいだろ。大人が自分の金をどう使おうと勝手。真似《まね》すべきでないと思ったことは真似しなければいいだけのことだ」

確かに自分で稼いだ金ならその通りだが、本当に自分の金なんだろうか？　生活保護やらなんやらの金じゃないのか？　父親経由の金じゃないのか？　他の男からぶんどってきた金じゃないのか？　死んじまったおじいちゃんやおばあちゃんが娘に残した金じゃないのか？

「もうあいつ追い出そうぜ」

「そんなことをする必要はないだろ。おまえだってあと何年かしたらこの家から独り立ちするだろうし。そうしたら親が何だろうと関係ないよ。それに、一応はおまえの母親なんだよ。親子の縁はな、どれだけ憎んでも切れるわけじゃないんだ」

とうてい納得いかなかった。

俺は意を決して、母親に「二人きりで話をしたい」ともちかけた。進路か何かの相談がある風を装《よそお》ってな。

それがこのあいだの土曜日だよ。俺たちは黙ってぶらぶらと歩いた。

「面白い場所があるから、そこで」

水路におりていくところで、母親の顔を見た。無表情で何を考えているかわからなかったが、どこに案内するのかはもう予測がついていただろう。

〈けものはら〉に出て、子供の頃に座った記憶のある岩に向から。

白く細い雲がいく筋も空に出て輝いていた。

俺はあの日のままに母親を例の岩に座らせた。母親は人形みたいに黙って従った。

〈けものはら〉に向かうことがわかった途端にべらべらと言い訳をはじめるんじゃないかと予想していたんだが、ここまで素直にいうことをきくとは意外だった。

俺は母親を岩に座らせるとその前に立ち、腕を組んで勝ち誇ったように眺めた。

さあ、どうする？

その昔あんたが息子を連れてきた「公園」とやらを、俺はもうとっくに発見しているんだ。何一つこっちは忘れちゃいないんだぜ？　さあ、あの日のことについてどう弁明する？　ゆっくりと、深く、恥じ入っているか？

自分がどんな人間で、俺にどう見えているのか、小銭ごときではごまかしようがないのだと理解できているか？

ふと、鮮やかなオレンジ色のものが草むらにあるのが目に入った。自然物しかない風景の中でそいつは異物として目立った。

俺はゆっくりとそこまで歩くと、オレンジ色の水筒を拾い上げた。

ほとんど汚れていなくて、まるでつい昨日ハイキングに来た親子が、買ったばかりのやつを置き忘れていったかのように綺麗《きれい》だった。つるつるのプラスチックのオレンジ色は、ぼんやりと薄い光の膜に包まれているように見えた。

あの水筒だと直感した。無人島にゴミを捨てると、掃除をする人間がいないせいで、十年も二十年も三十年もいつまでもゴミが残っている、と何かの本で読んだことがある。この水筒も同じように十年間ここで——。

今日の自分をひたすらに待っていたのではないか？

わからない。そんなことってあるだろうか。

オレンジ色の水筒は、軽く振るとゴボリと音がした。中身が入っている。

その後俺がしたことは、単なる思いつきだった。同じ状況なら誰もが思いつくようなことだ。

「お母さん」

俺は去年母親が戻ってきてから一度もいったことのない呼び方で母に呼びかけた。

にんまりと笑って水筒を見せる。

ゆっくりとカップを外す。カップに中の液体を注ぐ。腐りきった液体が出てくるかと一瞬予想したが、注がれた紅茶色の透明な液体には、不潔な印象も妙な臭気もなかった。決して飲む気はしなかったが、ひんやりとしていて、むしろ美味そうにみえた。

俺は笑みを浮かべながら母親にカップを差し出した。

あの日の再現だ。

母親はカップを受け取ると、呆《ほう》けたようにそれを眺めた。感情のない乾いた顔だった。

風が止まる。草木が息を潜めたようにすっと静まる。

飲むはずはない。

ただ、かつて自分が何をしたのか、ごまかさずに思い出してもらいたかった。恥じ入って、泣きながら言い訳でもして、反省して、謝罪。そうしたら……。

そうしたら許してやったっていいって思ったんだ。

これから何かを新しく築くというなら、けじめというのは必要だ。ただ詫《わ》びれば済むことだ。飲めっこないんだ。

だが、母は一息に飲んだ。

そして、これでどうかね、といわんばかりに俺を見た。

俺は呆然《ぼうぜん》と母親を見ていた。母親もまたぼんやりと俺を見ていた。水筒の底に目をやると、「はなぐみ　しいのはる」と消えかかったマジックの文字があった。母の字だった。

一分ほどが過ぎた。俺は何も起こらないことを必死で祈っていた。水筒の中の液体がただの腐ったお茶でありますように。腹を下しておしまいで済みますように。

母親の目から光が消え、うなだれ、ずるりと岩から滑り落ちる。

十年前にここで目覚めたときにきいた喝采が風の奥で響いた。

俺は水筒を草の上に落として駆け寄った。

母親は二、三度苦しそうに呻《うめ》き、それから呼吸を止めた。


かつて俺はここで倒れたとき、夜になったら目を覚ました。ことによると、母親だって夜になったら目を覚ますかもしれない。それで俺は夜を待つことにした。

日が暮れていく間にとりとめもなくいろんなことを次から次へと考え、意味のない理屈を延々とこねくりまわした。

何故飲んだのだろう？　母親がただのお茶だと勘違いしていた可能性はない。顔を見ればわかる。わかっていて飲んだのだ。ここが自分の終着点だと認めて飲んだのだ。

たった今まで考えの及ばなかったことだが、毒を仕込んだ水筒をここに置く演出を、まさか母親自身がしたのではないか？　俺がここに連れてくることなどお見通しだったのではないか。

母親が息を吹き返さない限りわかることではなかった。こんなのはけじめでもなんでもない。ただ逃げただけだ。最後にここに追い詰められ、また逃げたんじゃないか。哀れな私の最後の死に場所、とでも思ったか。自己満足の理屈で陶酔されるほどうっとうしいことはない。

早く起きろよ。俺は焦《あせ》りながら思った。もういいからとっとと目を覚ませよ。虫に食われちまうぞ。だが母はぴくりとも動かない。なあ、おまえは最後の最後まで人に迷惑をかけないと気が済まないのか？

あたりが暗闇《くらやみ》になって、しばらくしてから、どのように考えても横たわっている事実は不変であることに気がついた。

つまり、俺は、母を殺したのだろうか？

復讐《ふくしゅう》の達成感などひとかけらもなく、むしろひどい裏切りにあった気分だった。俺の世界は途端に冷え切って崩壊してしまった。洒落《しゃれ》になんねえよ、と思った。

俺は母親の死体の前に座り込んだ。絵本を読んでくれたこととか、ケーキを焼いてくれたこととか、おんぶしてもらったことなんかが次から次へと、思い出したくもないのに——思い出したことなどなかったのに——浮かんできた。ただ後悔だけがあった。

注連縄を締めた岩の上に、誰かが腰掛けて俺を見ている。幼き日の夜に現れた着物姿の男の子だ。男の子は身動きしないで、冷たい目で俺を見ている。

男の子は何もいわなかったけれど、どうするんだ？　と、そんな風に訊《き》かれているように思えた。

どうする？　家に帰りたいのか？

何か重大な選択を突きつけられたような気がした。家に帰る？　罪をどんな風に背負ったらいいものかよくわからなかったし、そのまま何食わぬ顔で学校へ行くこともできそうになかった。

家には帰らないよ。

強く望んだ。家には帰らない。帰りたくない。

落ちていた水筒を拾った。カップは外れているが、まだ中身は入っている。死にたいと思ったことはかつて一度としてなかったが、僅《わず》かな間に決意した。俺は倒れた母親のそばにカップを見つけてそれも拾った。

液体を注ぐと涙がでた。気が動転していて魔が差したといえなくもない。何も考えられなかった。一息に飲んだ。


視界が真っ暗になって、地面に倒れた。

暗闇の中で、十年前にここで倒れた出発点に戻ってきた気がした。なんだか、本当の俺はとうの昔にここで死んでいるんじゃないかと思った。ここの土をほじくり返して探せば、どこかに幼き椎野春の骨があるんじゃないか?

俺はそもそも山野で暮らす名もなき存在で、その昔ここに捨てられた椎野春という哀れな子供の記憶と体を借りて、これまで自分でもよくわからぬまま人間社会で暮らしていたんじゃないのか?


意識は何度も途切れた。生きているのか死んでいるのか自分でもよくわからなかった。ずぶずぶ闇の中に沈んでいって、溺《おぼ》れていく。苦しくなって最後に意識がパチンと消える。しばらくするとふわりと浮かび上がっていくんだけれど、また底から何かに足を摑《つか》まれて闇に引き摺《ず》りこまれ……そんなことを何度も繰り返した。

望んでそうしたのに、いったん苦しみがはじまると、理性やら誇りやらといったものは消えうせ、ただ本能的に生きたいと思うようになった。

生きたい、生きたい、と念じてもがくたびに少しずつ野原が染《し》み込んでくる気がした。息を吸いたい。ただひたすらに息を吸いたい。草の匂《にお》いが毒を中和していく。

目を覚ますと、夜明け少し前のうす暗がりの中にいた。

ようやく抜け出したんだ。しばらく放心していた。

立ち上がるとシャツがゲロまみれでひどい臭《にお》いがした。

母親は倒れたままだった。期待してそばに寄ったが、息は止まったままだった。母親も同じようにあの闇に落ちたのだろうか。目を覚まさないのは、生きたいともがかなったからか。あるいは幼き日の微量の毒が俺には免疫《めんえき》をつくっていたのか、体力の違いか、何か自分の知らぬ選別の理由とでもいうものが他にあるのか。

帰ろうと思った。

でも水路はなくなっていた。

野原の雰囲気は今までとがらっと変わっていて、妙に青っぽく見えた。

遠い岩壁が、ほんの少し薄くなっているのが見える。かつて現実だと思っていたものがひどく遠ざかっていくのを感じた。

　春は話し終えると一息ついて、面白そうに笑った。

「それからおまえが来たんだ。もう誰にも会えないと思っていたところで、土の中からひょっこりと、間抜け面《づら》であたりを見回しながらな」

　ぼくは試すように春を小突いた。やはり突いた場所に手応《てごた》えはなく、黒い霧が生じる。

「これからどうなるんだ？」

「おまえは高校生になり、俺は獣になるんだよ、たわけ」

　真っ黒い毛に覆《おお》われた獣人じみた顔をこちらに向ける。犬歯が見える。

「もしも俺が人食いの獣になっても、雄也は俺の友達か？」

「わかんないや」

　正直に答えた。

「でも、今は友達だ」

　ぼくは腰を上げて野原を歩いた。

彼の母親の死体がいつまでも埋葬されずに転がっている。

勇気を出して近寄ってみた。

野原に放置された死体なのだからすごい勢いで腐敗が進行していそうなものだが、想像していたほど分解されてはいなかった。眼球は二つともなくなっているし、身動きもしないから死んでいるのは確かだが、普通の死体とはまた違っていた。体中に真っ黒な苔《こけ》が生えている。肌のあちこちが膨らみ、菌糸のようなものが出ている。

小石を投げると、ぶつかった部分に、黒いもやもやした影が湧《わ》いた。春と同じだ。


廃屋に戻ると春は眠っていた。

背負ったらどうだろうか。ぼくは僅かな望みをしつこく抱いて春の手をとった。触れた部分はさらさらと崩れ、霧になるばかりだった。

「気にすんなよ」

目を瞑《つむ》ったまま、寝言のように春が呟《つぶや》いた。

6

その晩遅く、家族が寝静まってからぼくは外に出た。

雲は月光を浴びて流れ去り、初夏の夜風が住宅街を吹きぬける。ぼくはゆっくりと〈けものはら〉に向けて自転車を漕《こ》ぐ。

最後に春に会っておきたかった。

野原全体がぼんやりと微《かす》かに発光していた。土に染み込んだ魔力が地表から放出されているかのような、静かながら迫力のある光景だった。

廃屋を見に行ったが空だった。

春は既にもっと大きな野原の世界へ行ってしまったのだと、肩を落とした。

ぼくは春の前に現れた着物姿の男の子が、自分の前にも現れないかと思い、注連縄の石の前に座って待った。

懐《ふところ》からヨーヨーを取り出した。お守りになる気がして握り締めた。

月光のせいか、野原の発光に共鳴しているのか、ヨーヨーは、蒼《あお》い燐光《りんこう》を発していた。電池を持ったときに感じる重く生温かい力を感じた。

その夜の時間の進み具合は鉛の塊を引き摺る遅さだった。春の語ったとおり、ここの時は妙に遅い。

いくら待っても何も現れやしない。火の消えた暖炉に残ったぬくもりを感じているような寂しさだけがあった。

強い風が吹いた。思わず目を細め、開くまでの一瞬の間に、野原を包む淡い光は消え失《う》せ、ただの暗い夜の野原に戻った。

握り締めたヨーヨーを見る。さきほどまで確かにそこに宿っていたはずの力は枯れ果て、何の変哲もない子供じみたヨーヨーに戻っていた。

きっぱりと拒絶されてしまった気がした。

ふらふらと初夏の夜の街を、あてもなく自転車で走った。酔っ払いや、コンパ帰りの大学生、犬の散歩のおじさんとすれ違う。

川沿いの遊歩道、団地、雑木林、お寺、学校、市役所、市営プール、建設中のビル、駅前。

薄暗い住宅街の美容室の窓に貼《は》られた黄ばんだポスターに、いつか道で会った怒り顔のおじさんと、そっくりの顔が微笑んでいるのを見つけた。髪型はもとよりピンクのシャツと服装まで全く同じだ。

呆然と見ていると、街路の楠《くすのき》から蝙蝠《こうもり》が飛び立ち、どこか遠くで犬が一斉に遠吠えをはじめる。

角を曲がったところで、黒くぼやけた猫らしき影が、だが猫ともいい切れぬ何かがさっと塀に飛び上がって姿を消す。

美奥のそこかしこで暗闇が息を潜めて囁きあっている。果たして美奥に在るのは〈けものはら〉だけだろうか？　ぼくは何も気がつかぬよう前を向いてペダルを漕ぎ続けた。

屋根猩《しょう》猩《じょう》

1

野良犬《のらいぬ》の喧嘩《けんか》を見たことがあります。

美奥《びおく》公民館の近くの空き地でした。まだ幼い私は浴衣《ゆかた》を着てベンチに座り、団扇《うちわ》を片手に涼やかな午後の風に吹かれていました。お神楽《かぐら》の囃子《はやし》が遠くに聞こえていました。

唐突に二匹の犬が走り出てきたのです。二匹はもつれながら駆け、猛《たけ》り狂った白い犬が茶色い犬に嚙《か》みつくと、悲痛な鳴き声があがりました。

名も知らぬ男の子がそのとき隣に座っていました。

男の子が口笛を吹くと、二匹の犬はぴたりと喧嘩をやめて、尻尾《しっぽ》を振りながら、トットットッ、と私たちのほうに向かってきました。

二匹の犬は私の手を舐《な》めた後、どうやら何もくれないらしいとわかると、今度はさきほどの喧嘩のことなどすっかり忘れ、互いに睦《むつ》みあいながらごろごろと広場を駆けました。

私は男の子に顔を向けました。

男の子は頷《うなず》くと、「でも甘酒なら飲んだことがある」とほんの少し自慢気にいいました。

お酒はいけないんだよ、と私は説教じみた口調で咎《とが》めました。

「人間もね、仲良しのお酒があって、それを飲ませればみんな仲良くなる」

男の子は思いついたように、今ひとつ意味のわからぬことをつけ加えました。

「きっと最初から仲良しだったんだ」

「仲良しになったね」


「ああ、おとそなら私もあるよ。お正月に。苦くない？」

私は、おとそと甘酒をごっちゃにしていました。

法被《はっぴ》姿の大人の人たちが何人か広場に現れ煙草《たばこ》を吸い始めました。

「夜になると、屋根の上を獅子舞《ししまい》が通り過ぎていく」男の子は、わけがわからないけ
れど、少し心魅《ひ》かれることを呟《つぶや》きました。

ふうん、と私は聞き流しました。

「獅子舞は町を守っているんだ」

「ふうん。私も獅子舞になりたい」

「じゃあ、予約を入れておいてあげるよ」

お手洗いに行っていたお祖母《ばあ》ちゃんが戻ってきたので、私は腰をあげました。じゃあね、ばいばい。私が手を振ると、男の子は足をぶらぶらさせながら、手を振りかえしました。

変なものと話すんじゃないよと、お祖母ちゃんは私の手をぎゅっと握りました。

やがて名も知らぬ男の子のことは、顔も声も忘れてしまいました。ただ記憶の中の彼の気配は、幼き日の初秋の気配と重なり合って残っています。

それ以後、私は影絵の瓦屋根《かわらやね》を、獅子舞が音もなく舞っている夢を見るようになりました。

ひらり、ひらり。

獅子舞は音もなく足を踏み、首をかしげて、ひらり。

夢の獅子舞はふわりと飛び上がり、月が照らす白銀の雲の峰へと昇っていくのでした。

2

私が怪しい少年に出会ったのは十七歳の九月――高校からの帰り道のことです。声に出さず中間テストに出る元素記号をそらんじていると、ふと樹木の枝が揺れ、つむじ風をまとった何かが飛び降りてきたのです。

最初の一瞬、私はそれを猿かその類の獣だと認識したのですが、よく見れば長袖《ながそで》の黒い服を着た男の子でした。ぼさぼさの黒い髪に、細い目はぎらりとした光を放っていました。歳格好《としかつこう》は十代。中学生ぐらいでしょうか。小柄で知らない子でした。行く先を塞《ふさ》がれた形で立ち竦《すく》んでいると、

「藤岡美和さん」

男の子の口から私の名が出ました。

私の通う森が丘高校の生徒だろうか、それとも他に――脳内を検索しましたが、男の子の顔におぼえはありませんでした。

彼の口から、互いの接点について言及する台詞《せりふ》を待つこと約十秒。男の子は僅《わず》かに首を突き出しました。

「あの、お財布」

「ああ」私は制服の懐《ふところ》から鰐革《わにがわ》の財布をとりだしました。ついさきほどジュースの自販機の近くで拾ったものでした。まっすぐに派出所に届けにいくつもりでした。本当です。

男の子は、私が取り出した財布を見ると、そうそうこれ、と受け取りました。

「警察に届けるところだったのよ。あなたのだった？」

「いや、近所のおばあちゃんが、このあたりに置き忘れたというので、探しにきたんだ」

私は会釈《えしゃく》をしてその場を去ろうとしましたが、やはり気になったので、「どうして私の名前を知っていたの？」とききました。

彼は困惑気に、ただ知っていただけ、と呟きました。

「今度お礼するよ」

「あー。や。いいですよ」

私が答えると、男の子は人間とは思えぬ跳躍力でブロック塀に乗り、そのまま猫のように庭木をつたって屋根に駆け上がり、私の視界から消えました。

私のこのときの「いいです」は、当然「いや、結構ですから」の意味だったのですが、ちゃんと伝わったかどうか。

翌日、学校帰りに寄ったチェーンのドーナツ店で、最近一緒に行動することの多くなったクラスメートの佐藤愛に、変な男の子が降ってきたことを話しました。

「きゃふふ」

佐藤愛は組み合わせた両手に顎《あご》を載せていいました。

「みわっちい。それって、変質者っぽくない」

「そうかな。雰囲気若かったよ。中学生ぐらい」

「十代の変質者じゃないの」

「そんなのいるの」

「変態に年齢は関係ないっしょー。私が思うに、前からみわっちのこと見初めて、ずっと跡をつけまわしていたんじゃないの？　名前を知ってるのおかしいよ。夜に窓から外を覗《のぞ》いたら、物陰からじっと家を見ているかもしれないよ。良かったね。もてて」

「でも財布をね」

「わざと落として、きっかけ作ろう大作戦じゃないの？　良かったね。情熱的なコドモにもてて」

佐藤愛は極めてユニークでタフな女の子です。

彼女とは中学校も一緒でしたが、当時は決して関わりあいたくないタイプだと思っていました。

同じ中学校から上がった生徒が四十人もいる高校だというのに、入学する前の春休みに、大胆に目と鼻を整形して別人になった佐藤愛。芸能事務所のオーディションを受けるために東京に行った際、クラブで夜遊び中に彼女をナンパした黒人男性、クラバートを同級生にお披露目しようと、お土産のように森が丘高校にまで連れてきて、校門で追い返された佐藤愛。クラスの女ボス山添《やまぞえ》京子の彼氏、安藤君にすりより「ウルトラマンの胸にある信号ってえ、黄色もあったよねえ」と見え透いた偽《にせ》天然をかます佐藤愛。

クラバートのことを思い出したので、彼は元気、ときいてみました。

「別れた」佐藤愛はため息をつきます。「まあ遠距離なんてこんなものよね。カレには私が歌うときバックで踊る役をやってもらうつもりだったんだけどねー」

「へえそう？　そういえば、何日ぐらいつきあったの？」

佐藤愛は私の質問を流しました。

「その変質者ってさ。どのへんに現れたわけ？」

「え、だから学校から帰る途中の……尾根崎公園のへん」

「ああ、尾根崎」佐藤愛は手を叩《たた》きました。「古い家がたくさんあるとこね。あのへん、屋根の上に変なの載せる風習が残っているよね」

「ふうん。そうなの」

佐藤愛は急に不満げな表情を作ると、再び話を流しました。

「みわっち。つーかさあ、あたしブルーのカラコンいれてきたのに、どうして何もいってくれないのお？」

「あっごめん。ぜんぜん気がつかなかった」

3

佐藤愛と話した翌日、私は尾根崎地区を一人でぶらぶらと歩いてみました。

似たような木造瓦屋根の古い家が、密集して立ちならんでいます。江戸、明治、町屋、文化財、そんなキーワードが脳裏をちらつく町並みでした。屋根を見上げると、どの家にも猿だかヒヒだかの、動物だか怪獣だか妖怪だかよくわからない像が置かれていました。佐藤愛のいう「変なの」とはこれのことです。

ひっそりとした尾根崎公園に入りました。砂場と滑り台がある他は、木に囲まれた薄暗い公園です。

桜の古木の近くで、公園に隣接する住宅の屋根の像を眺めていると、隣で「いいよねえ」と声がしました。

顔を向けると、ピンク色のシャツに、天然パーマの刈上げ頭、太鼓腹のおじさんが一眼レフカメラをぶら下げて屋根の像をうっとりと眺めていました。

「沖縄にはシーサー。美奥には屋根猩猩《しょうじょう》というわけだ。おじょうちゃんも好きかい。いいよねヤネショウ」

文化は残していかねえとなあ、とおじさんはしみじみ呟きました。

「あの……あれは、ヤネショウ？」

「屋根猩猩、略してヤネショウ」おじさんは、おや、という顔をしました。「知っていて眺めていたのかと思った」

私が首を傾《かし》げると、おじさんは説明をしてくれました。

「屋根飾りだよ。屋根の上に、七福神やら鍾馗《しょうき》様やらあるだろう。もうだいぶ減っちまったけど、昔はこのあたりの屋根にはみんな猩猩像がのっていたわけよ」

「猩猩ってなんですか?」

「お酒の好きな妖怪だな。いたずら好きで。まあ、美奥の猩猩は家の守り神だね。賑《にぎ》やかで楽しいことを呼び寄せて、災厄は除けると。昔はね、屋根の上で宴会をしていて、人間ともよく取引をしたらしいよ」

「へえ」

「いいよねえ」

おじさんは嬉《うれ》しそうな顔でレンズを向けると、ぱちりと屋根猩猩の写真をとりました。

私はその場を離れ、ぶらぶらと公園を散歩しました。公園のフェンスに白い看板が立てかけられているのが目につきました。


『へんなひと・出没注意! 五年・望月祐果』

美奥ではこの種類の標語看板があちこちにあり、書いた本人が成長しても嫌がらせのように道端に残っていたりするものです。学校で使い古されたジョークに、自分が子供の頃に書いた「煙草ポイ捨て禁止!」の看板の前で一服するというものがあります。

やがて日が暮れ、公園のスピーカーから六時を告げる『夕焼小焼』が流れてきました。スピーカーの調子が悪いのか、一部音が歪《ゆが》んで聞こえました。

空全体が動いているかのように、東北へ向けて同じ速度で黄金色の雲が流れていきます。

帰ろうかな、と、公園から出て少し歩いたところで、シャッターの下りた酒屋と民家の間に隙間《すきま》のような路地を見つけて立ち止まりました。体を横にしなければ進めないほどの幅で、ずっと奥まで続いているようです。

路地の奥に、透明な糸が無数に張られ、何者かが侵入者をからめて捉《とら》えようと待ち構えている——そんな得体の知れない妄想が頭をもたげ、胸騒ぎがしました。

考えてみれば、十七歳になる今までこのあたりは道沿いの風景以上のものではありませんでした。特に記憶にも残らない平凡な田舎町の一角。

それが今や尾根崎地区は、美奥の薄暗く古い集落として、俄《にわか》に周囲の平凡から浮き上がっていました。

路地の奥を猫が一匹横切るのが見えました。

続いて、猫よりも大きな赤い毛に覆《おお》われた獣がさりげなくすっと横切りました。えっと思った瞬間には、その未確認生物の姿は既にありませんでした。

「何しているの」

振り向くと例の男の子が立っていました。黒い風呂敷《ふろしき》包みを脇《わき》に抱えています。

「あら、こないだの」

私は気のない顔で会釈をしました。

「ねえ。このへん何か変な動物……いる？」

男の子の表情は曇りました。

「ああ……見たんだね」

「見たけど」私は不安になり、「ちょっとだけだけど」と言い訳のように付け加えました。「見間違いかも」

沈黙が私たちの間に置かれました。

男の子は、風呂敷をほどきました。

「通りすがりだったけれど、ちょうどいい。鳩サブレーを入手したのでな。おばあちゃんがくれたんだ。ほら、この間の財布のお礼だとさ。どうぞどうぞ」

私は鳩サブレーの缶を受け取りました。

「あなたの名前は？」

「タカヒロ」

「ねえ。中学？　高校？　何年？」

「秘密だ」

童顔で、私より年上には見えません。

「なんでよ。学校はどこ？」

「今は行っていない。俺、あんまりそういうのは関係ないから」

「行っていないって。辞めちゃったの？　それとも登校拒否？」

「行っていないんだ」タカヒロは少し辛《つら》そうに繰り返しました。

「なんか、こないだ上から降ってきたのが気になるんだけど」

「ああ、屋根の上にいるときに君を見かけたから」

下から行けば、驚かせずに済んだんだろうけど、そうしているうちにも、君を見失ってしまうかもしれない。屋根から直接行くほうが近いし早いから、つい、ね。

しばらく立ち話をしましたが、タカヒロが尾根崎地区の住人であること以外には、何もわかりませんでした。なぜ私の名前を知っているのかもはぐらかすばかりでした。

家に帰ると、鳩サブレーはゴミ箱に捨てました。何が入っているかわかったものじゃないからです。でも、それをくれたタカヒロと名乗る男の子のことは、特に嫌いでもないなと思いました。

お昼休みに一人でお弁当を食べていると、木下このみが、グループを離れて私のところにやってきました。

「藤岡さんって佐藤愛の友達？」

「違うよ」

「あんまり佐藤と友達しないほうがいいよ」

「いや、友達じゃないから」

佐藤愛は期間限定彼氏（彼女によると二学期前半だけで終わりにする予定だそうです）の持田《もちだ》雄也君と、屋上に通じる階段の踊り場でお昼を食べるのでここにはいません。

「藤岡さんのことさあ、私たちなんて呼んでいるか知ってる？」

「なんて呼んでいるの？」

私がきくと「さあ？」と木下このみは意地悪い笑みを浮かべました。切り出しておいてその返答はないでしょうに。

「知りたい？」

「あ、いや、別に」

木下このみはくるりと背を向けるとグループのほうに戻っていきました。ボス猿山添京子が木下このみに「おめえ、黒パンにちゃんといったのかよ」と叫ぶのがきこえました。

どうやら黒パンというのが私の綽名《あだな》のようです。肌が黒いから？　体育の着替えのときにはいていたパンツが黒かったから？　腹黒いことを見破られている？　意味不明な綽名にいろいろ憶測してしまいますが、まあ、彼女たちは猿ですから、気にしていてもしかたがありません。


一学期に、山添京子にお弁当を一緒に食べるグループに誘われたのを断ったのが、一連の疎外《そがい》の発端でした。誘われたことは素直に嬉しかったのですが、その日の昼休みに私は提出の遅れた美術の課題を職員室に持っていく用事があったのです。

用事を済ませて教室に戻る途中の廊下で、柳原君というクラスの男の子に声をかけられました。

柳原君がギターを弾くバンドがライブをやるのでチケットを買わないかという話でしたが、そこを三人組に見られ、大いに不興を買ってしまったようです。おそらく三匹の猿のうち一匹が柳原君に好意でも寄せていたのでしょう。

それから私はことあるごとに猿の手によって、上履きを女子便所に捨てられたり、コクヨの学習机に誰とでも寝る女を示す俗語をマジックで書かれたりするようになってしまいました。


教室の入り口にちらりと佐藤愛の姿が見えたので、私は目を逸《そ》らしました。

「みわっちい！　きいてきいてえ」

佐藤愛は私の拒絶のサインなどおかまいなしに、満面の笑みで、しなしなと私の机にまっすぐ向かって来ます。

ああ、視線が痛い。

「私、今度写真集だそうかと思うんだけど」

「えっ？」ええっ？　えええっ？

「ちょっと、驚きすぎ」佐藤愛は目をくるりとまわして、秘密だよ、という風に声を低くしました。「まだ決まっていないけどね。それがねえ。なんか結構お金かかるみたい。もっと安くだしてくれるいい出版社ないかな」

詳細を問い質《ただ》すと、佐藤愛は自費出版で己をモデルにした写真集をだすことを画策しているようでした。

六時間目の化学が終って実験室から戻ってくると、私の鞄《かばん》と机の中に入れておいた教科書がゴミ箱に放り込まれていました。

もう！　と私は呟《つぶや》きます。

本当に猿のいる学校って大変！

4

だいぶ前から私は夜になるとひそかに文章を書いていました。日記や詩や小説ではなく——ハウトゥ本の類です。

誰も読まないハウトゥ本をこつこつと執筆するというのもいかがなものか、と自分でも思うのですが、創作衝動があるので仕方ありません。

今書いている本のタイトルは『実例に学ぶ高校生の人徳』。

クラスメート一人一人の人間的欠点を指摘し、こうしたらもっと良くなるよ、と私がやさしく指南してさしあげる、という内容です。

世に出すつもりなど一切ない闇《やみ》より生じて闇へと消えてゆくさだめの本でした。世の中にはきっと人の目に触れることなく消滅していく百万言もの言葉があるのでしょう。

私は文字がびっしりと書かれたノートをぱらぱらとめくりました。猿たちのことを考えると暗い念が湧《わ》き上がってきましたがあまり興がのりませんでした。文字が生き物のようにうねうねと蠢《うごめ》いているような気がしてノートを閉じました。

久しぶりに獅子《しし》舞《まい》の夢を見ました。秋になると毎年見る、夜の屋根の上の舞の情景です。

獅子がしらが、妙に人間臭い顔をしていることに気がつきました。よくある獅子がしらではなく、獅子と猿と人間が少しずつ混じりあったような――ああ、これは屋根猩猩の顔ではないかと私は夢の中で思いました。

猩猩の面の下は赤い布が揺れています。

ではこれは獅子舞ではなく、猩猩舞というのでしょうか。ひらり、ひらりと屋根を飛ぶたびに、どこからともなく落ち葉が舞いました。

やがて猩猩舞は、枯葉の塊になって、月下の風に吹かれて散り消えました。


目が覚めると日曜日でした。

特に予定もなかったので、二度寝をした後、もう一度屋根猩猩の顔でも拝んでみようかという気分になり、尾根崎地区に足を向けました。

相変わらず人気のない尾根崎公園に入ると木に登っているタカヒロを見つけました。

タカヒロは肩から鞄を提げ、工具を手にしてなにやらいじっていました。下から、おおいと声をかけると、私を見て手を振りました。

「何しているの？」

「スピーカーの修理」

樹木の枝には、夕方六時に『夕焼小焼』が流れるスピーカーが設置されていました。

「配線の接触がちょっと悪かったみたい。でも、もう直ったよ」

タカヒロはそういうと、飛び降りてきました。なんだか彼が急に大人びて見えました。工具をしまうとき、鞄の中に、レコーダーとマイクがあるのが目に入りました。

「それは？」

「鳥の鳴き声を録音しているんだ。これもまあ、頼まれ仕事だな。中学生からで、文化祭で、『美奥の生き物展』をやることになったんだって。そこで鳥の鳴き声を流す計画らしい」

「何、その子。それって人に頼んじゃだめでしょ。自分でやればいいのに」

「その子は鳩や鴉《からす》の鳴き声は自分で集めたみたいだけど。巣が屋根とか樹上だとね。なかなかできないよ。まあ空いているときに少し手伝うだけだから」

彼はズボンの埃《ほこり》を払いました。

「お昼ご飯、一緒に食べるか」

私たちは、ファミリーレストランに入り、向かい合ってテーブルにつきました。

「しつこいようだけどさ。教えて。私の名前はどこで知ったの？」

タカヒロは考え込むように沈黙し、それからいいました。

「俺は君のファンなんだ」

私は首を傾《かし》げました。質問の答えになっていないし、ファンというのは実に微妙なニュアンスの言葉です。恋愛的好意、ある特定の能力に対する好意、人柄に対する好意、単なる応援の気持ち……。

「なんのファン？」

「うん」

「うん、じゃなくて」

淡い期待を持って詰め寄ると、彼は私の目の奥を覗《のぞ》き込むようにしながら、とんでもないことをいいました。

「君は去年、尾根崎公園に、ノートを捨てただろう？　それを拾ったんだ。ちょうど屋根の上から見ていた」

一瞬、呆然《ぼうぜん》としました。

悲鳴をあげて泣きながら駆け回りたくなるような恥ずかしさが押しよせてきました。

ハウトゥ本……。

確か去年の春のことです。私は始末にこまった自作のハウトゥ本ノートを、黒ビニールに包んで尾根崎公園のゴミ箱に捨てたのでした。捨て場所を探してさまよっているうちにたまたま通りかかったのが尾根崎公園だったのです。

中学時代に執筆したもので、タイトルは『馬鹿《ばか》な男子に一生消えないトラウマを与える100の方法』というもの。

略して『バカトラ』。

私は決して、男性憎悪《ぞうお》主義者というわけではありませんし、馬鹿な男子に一生消えぬトラウマを与えたこともありません。ただそれを執筆した中学三年生の当時、非常に不愉快な男子がクラスにいて、そのストレスを執筆で処理していたのです。ただそれだけのことです。黒いビニールに包んで捨てたのに——そんなものを他人に見られてしまったら、私のほうこそ、一生消えぬトラウマを抱えてしまうではありませんか。ノートのどこかに私の名前が書いてあったのでしょう。そこだけでも破って捨てれば良かった。本当に迂闊《うかつ》でした。

「妙に気になったんだ。いったい何を捨てたのだろう、と。悪いとは思った。ちょっと開いたら、引き込まれてしまってね。感想なんか聞きたくないかもしれないけれど、とても面白かった」

本当に感想なんて聞きたくありませんでした。

「あれが面白かった？」

タカヒロは慎重な表情で頷《うなず》きました。

「それでファンになったんだ」

「嘘《うそ》」

タカヒロを睨《にら》みつけました。少なくとも男があれを面白いと感じるとは考えられず、からかっているのではないか、と思ったのです。

「嘘ではない」タカヒロは力強くいいました。「確かに、あれは、不健康で歪《ゆが》んだものだったよ。でもね、小説でもエッセイでも、健康で道徳的なものだけが面白いわけじゃないだろう？　むしろ逆じゃないか。あの、馬鹿な男子に一生消えないトラウ……」

「やめて。せめて『バカトラ』と略して」

「うん。『バカトラ』は読者を選ぶ作品ではあるが、名作だ。俺はすごく気に入ったんだ。次回作が読みたいと思ったし、次回作もゴミ箱に放り込まれるのかと思うと、道を歩く君を見かけるたびに、意識してしまうようになった」

あんなものを褒められても単純に嬉しい気持ちになるはずもなく、私はなんといっていいのかわからなくなり、運ばれてきたオムライスをぼんやり眺めました。

私たちの間に横たわる沈黙を、店内に流れるAOR風の音楽が埋めていました。

何かいおうと口を開きかけたそのとき、私は店内に嫌なものを見て、開きかけた口を閉じました。

会計カウンターのところに三匹の猿。私服姿の、木下このみと、山添京子と、嵯峨《さが》野《の》志穂でした。店内に入ってきたばかりの様子です。

一瞬、山添京子と目があったような気がして素早く顔を逸らしたのですが、十五秒ほどしたところで、彼女たちはわらわらと私たちの六人がけテーブルのところにやってきました。

「ああ、やっぱ。黒パンじゃーん」山添京子が朗らかな声でいうと、木下このみと、嵯峨野志穂がきひひ、と笑いました。

「ご一緒していーい」

六人がけテーブルはいっぱいになりました。

「ねえ黒パン……てさあ、ここで、ナニやってんの？」

嵯峨野志穂は、黒パンと口に出した瞬間、私の顔色と山添京子の様子を窺《うかが》い、場の力関係を再度確かめたようでした。

「黒パン？」山添京子が私の代わりに勢いよく答えます。「黒パンはあ、デートお！」

「やだー」

「ちょっとダサめの彼だよね。もしかしてオタク仲間？」

「こんな奴《やつ》ガッコにいたっけ」

「知らなーい。一年？」

「そういえばさあ。黒パンの鞄ってよくゴミ箱におちているから、ちょっと臭いよね」

「あれってなんでいつもゴミ箱に入っているわけ？」

アハハと嵯峨野志穂が笑いました。

「知らなーい。ゴミと間違えて誰かがいれちゃうんじゃなあい？」

木下このみがバージニアスリムを取り出すと火をつけました。

「ねえ、どこ行ってどこ行くとこなの？」

どこに行くつもりでもないのですが、私が答えようとする前に、山添京子が鋭く毒づきました。

「おいおい、シカトかよー」

「あ、でも黒パンでも恋愛とかするんだあ」

「つーか従兄弟《いとこ》とか、かもよ」

圧倒されて固まってしまったタカヒロに、木下このみが「もしもーし」と肩を突きました。

「アナタはあ、黒パンのオ、従兄弟デスかあ？」

このみの瞳《ひとみ》に、さきほどの志穂の顔に浮かんだのと同じ「もしキレたらやっかいだけど大丈夫かな？」という不安が瞬間過《よ》ぎるのが見えて、他人の顔色を窺いながらの偽悪に、気分が悪くなりました。

タカヒロが首を横に振ると、なんだじゃあコイツ黒パンの彼氏じゃん、と三人はきゃあきゃあ騒ぎました。

「ねえ、彼さあ。黒パンとつきあうなら、気をつけたほうがいいよ。黒パン、教師とやってるから」

「古文の杉浦と！」

杉浦先生は、初老の地味で穏やかな先生で、教育をあきらめていることがありありと伝わる、見事に崩壊した授業を行う先生です。

「体の商売も、してるんだもんねえ、アイアイと一緒に」

アイアイとは佐藤愛のことでしょう。このみの煙草《たばこ》の灰が、私のオムライスに落ちました。このみは私を見ずに、あ、やべ、ごめん、と誰にともなく呟き、話を戻します。

「病気うつされないように気をつけてねえ」

「ねえ、カレ。黒パンとなんか、遊んでないであたしらと遊びにいかない？」

タカヒロは黙って固まっていましたが、ふいに顔をあげて訊《き》きました。

「君たち名前は？」

え、あたしら？　京子、このみ、志穂、と三人がにやにやしながら口々に名乗ります。

「ちょっとごめんね。俺は彼女と話があるんだけど」

「何こいつ。つまんねー」

タカヒロは黙って伝票を持って立ち上がりました。ああ、よかった、と私は密《ひそ》かに胸を撫《な》で下ろしました。

「どうしたのカレえ、何怒ってんのお」

「冗談だって、待って待って」

「黒パーン、ごめーん、うちらなんか悪いことといったあ？」

私はしかめっ面《つら》で三人を睨むと、タカヒロの後を追いました。店中に響くような嘲《あざけ》りの笑いを背中に受けました。

外に出ると、少しばかり途方に暮れました。

「ごめんね。あれ、クラスの人」

「いろいろ大変なわけだ」

これからどうしよう。近くに落ち着ける店があればいいのですが、美奥のような田舎町では駅前のほうに行かなければ、なかなか見つかりません。どこかに移動しても、再度彼女たちと出会う可能性もあり、うんざりしてきました。

「ああ、いらいらする」

「じゃあ、静かなところに行こう」

5

タカヒロが案内したのは、尾根崎地区にある民家でした。その地区に立ち並ぶものと同様の古風な瓦屋根《かわらやね》の家で、『後藤』の表札がかかっています。

「ここは、タカヒロの家？」

「違う。でもいいんだ。俺は特別に」

タカヒロは物怖《ものお》じする様子も見せず、家屋の引き戸をがらがらと開きました。

外観の予想からあがりかまちになっているかと思いきや、中は薄暗い倉庫のような空間が広がっていました。あちこちに埃の積もったダンボールが乱雑に積まれ、仏像や、猩猩の置物が、放置されていました。

私たちは細い通路を奥へ奥へと歩いていきました。

通りがかりに襖《ふすま》で仕切られた六畳ほどの座敷があり、何気なく覗くと、小さな白い人形が部屋を埋め尽くしていました。

いくつあるのかわかりませんが、数千体はあるようで小山のように積もっています。

あまりの不気味さに私は金縛りにあったように足を止めました。

「ああ、そこ？　そこはヒナ置き場」

ヒナ置き場？

怪訝《けげん》そうにしている私にタカヒロは説明してくれます。

「雛祭《ひなまつ》りの雛人形あるだろ？　古くなったやつを捨てるに忍びないから引き取って処分してくれって、買った店に持ってくる人たちがいるんだ。そういうのは業者が補修して安値で転売されたりもするけれど、売れなかったり、汚れているものは、流れてこの部屋にくるんだよ。しばらくこの部屋で寝かされてから、神主さんが回収にきて処分する」

「へえ」

「あの部屋、夜にはぼそぼそ話し声が聴こえるらしいよ」

タカヒロは冗談めかしていいました。

使用されている形跡のない竈《かまど》と井戸があり、そこを通り過ぎると勝手口から中庭に出ました。中庭は雑草が生い茂ってジャングルと化していました。蚊や毛虫がたくさんいそうです。

子狐がさっと中庭の叢《くさむら》から顔を出したので、私は驚いて声をあげました。子狐は私とタカヒロの顔を不思議そうに見てから叢に戻っていきました。

「野良狐だ。このあたりで餌《えさ》をあげる人がいるから居ついちゃったんだな」

「こんな住宅街の中に」

「鼠《ねずみ》をとってくれる」

タカヒロはそのまま中庭を突っ切り、裏口の木戸から、壁と壁の隙間《すきま》のような細い道に出ました。

瓦屋根の古い建物が並ぶ尾根崎地区は、その内部にずいぶん多くの空間を隠し持っているのだと、このとき初めて知りました。

各戸の中庭を細い生活通路が結び、外の道を通らずに他所《よそ》の家に行けるようになっています。

跨《また》げる幅の水路が家の脇《わき》を走り、なんと小さな公園のような空き地までありました。

古木が影を落とす涼やかな空き地には、小さな社や、鯉《こい》の泳ぐ池、共用の井戸があり、数人のお年寄りが椅子《いす》を出しておしゃべりをしていました。完全に近隣の人間たちだけのコミュニティースペースとして機能しているようです。

お年寄りは私たちをあまり気のない顔で一瞥《いちべつ》だけすると、おしゃべりに戻りました。

細い階段を登り、私たちは瓦屋根の上にでました。

猩猩の載った屋根が並んでいます。タカヒロは屋根から屋根へと進んでいくので、私も仕方なく後をついて歩きました。

「いいの？　さすがに勝手に人の家の屋根を歩いちゃ駄目でしょう。怒られるんじゃない」

「いいんだよ」

タカヒロは断言しました。タカヒロの足取りには周囲をうかがうような疚《やま》しさはありませんでした。

「屋根猩猩の置かれている地区はね、相互扶助の精神がすごく強いんだよ。困っている人がいればみんなで面倒を見るし、隣近所は家族だったり、親戚《しんせき》だったりする」

杉の幹に打ち付けられた鳥の巣箱を覗《のぞ》きながらタカヒロはいいました。巣箱の中では鶯《うぐいす》が身を震わせています。

タカヒロと私は、屋根の上に並んで腰掛けました。

「ここさあ、なじんでいれば楽園かもしれないけど、近所づきあい大変そうね」

「まあ、その通りだろうね」

「で、あなたはどういう人なの？」

「うん」タカヒロは頷きます。「俺はね、この尾根崎地区で、なんというか、守り神をやっているんだ」

「何それ」

「君には奇妙な話だろうね。俺はそれまでは、まあ、普通に暮らしていたんだ。でもある晩、夢枕《ゆめまくら》に猩猩が現れて俺に告げた。しばらくここの守り神をやれって」

本当だよ。

次の朝から、別の人間になってしまったように感覚が変わった。うまくいえないけど、欲とか焦《あせ》りとか、そういうものが溶けてなくなってしまった。

学校に行くとか、友達と遊ぶとか、自分のために何かをするとか、その種類のことに関心がなくなって、三軒先の通路に子猫の死骸《しがい》があるから、それをとらなくっちゃってことで頭が一杯になった。

死骸が腐ったら臭いだろう？　蛆《うじ》も湧《わ》くだろうし。学校に行くよりそっちが重要だと思ったんだ。

なぜ子猫の死骸がそこにあると自分が知っているのか。見たわけでも誰かからきいたわけでもないのにね。ただ知っていたんだ。

ビニール手袋をして子猫の死骸を片付けた。

公園の隅の土に埋めたよ。そうすると、今度は公園を箒《ほうき》で掃除したくなった。

近所のお爺《じい》ちゃんが煙草を吸いながらそんな俺の様子を見て〈ああ、あんた屋根神さんになったんかあ〉といった。〈あんまり無理せんで困ったらなんでもいいなさいよお。昼食まだなら、うちに食べにきなさい〉

尾根崎では、昔からよく起こる現象らしい。ある日いきなり住民の誰かがこの地域限定の守り神として覚醒《かくせい》するんだ。

守り神になったら、屋根神さん、とか、猩猩さん、とか呼ばれて、この地区全体で無償の保護を受けることになる。

屋根を自由に歩いていいし、他所の家に勝手に入ってもいい。

食事時なら、何かを出してくれるし、日常生活で困っていることがあればたいがいの協力をしてくれる。学校に行けともいわれない。

「猩猩って赤っぽい？」

「やっぱり君も見たんだね」

私は口を噤《つぐ》みました。

「それって防犯上どうなの？　他人が勝手に家の中に入ってくるってことでしょう。私はちょっと嫌だな」

「ここには嫌がる人はあまりいないんだ。選ばれた人は、ある意味で『人』とは扱われなくなるんだよ。住民にとっては猫に近い感覚じゃないかな」

「ね、じゃあさ、どこかの家の机の上に一万円札が置いてあったらどうする」

タカヒロは、とんでもない、と首を横にふりました。

「泥棒するかってことかい？　そんなこと考えもしないよ。ここの住民の迷惑になることは一切しない。したくない。屋根神に俗人の煩悩《ぼんのう》はない」

人のためになることをしたいんだ。

だから信用されている。

まあ、人のためになることといっても、たいしたことではないよ。

壊れた樋《とい》を直したり、屋根の修理をしたりする。ほとんど毎日、中央の広場や井戸を掃除するし、住民がなかなか手の届かない家の隙間のゴミをとったり、倒れた鉢植えを元に戻したりする。突き出て邪魔になりそうな枝を切ったり、通路を覆《おお》う雑草を刈ったりなんかも仕事のうちだ。

困っている人がいて、その人の抱えている問題が、俺の行動でなんとかできるときには、ためらわずに動く。ときにはおじいちゃんやおばあちゃんの話し相手になったり、碁や将棋の相手をしたりもする。

空き巣やら、怪しい人たちがこの地区に足を踏み入れるとわかるんだ。気配を感じるし、見ただけで住人かそうでないかがわかる。俺はそれを撃退する。

時には、形の曖昧《あいまい》なものが忍び足で近づいてくることもある。そういう『魔』も追い返す。守り神になると、これまで見えなかったものが見え、聴こえなかった音を聴き取ることができる。これをしたらこうなる、という単純な因果がわかるようになる。

君がいうような嫌がる人の家には、特に用事がなければ近づかない。

自分がしたくてしているのか、何か不思議な力が俺にさせているのかは自分では判別できないけどね。でも、この地区の人に必要とされていると感じるよ。

「なんかボランティア活動みたいね？」

私は宮沢賢治の『雨ニモマケズ』を思い出しながらいいました。

「まあ、そんなものかな」

「中学生の文化祭の手伝いで鳥の鳴き声を録音したり、隣の公園のスピーカーを直したり、か」

「そうそう」

「じゃあ、私が何か困っていたら、何とかしてくれるわけ？　あ、ここに住んでいる人じゃないと駄目なんだっけ」

「できることなら。ファンだからね。美和さんが困っていることは何？」

改めて問われるとすぐには出てきません。話の流れでいってみただけで、特に考えてはいませんでした。

「いじめ問題？　あの三人組とか」

「別に、あれは、いじめとかではないんだけどね。世の中にはああいうのはたくさんいるのよ、それだけ」

私は冷笑を浮かべて話を変えました。

「ところで思ったんだけど、タカヒロが今話したことって、もしかしたらこの地区の秘密じゃないの。いいの？　部外者の私にべらべら話して」

まあ、仮に本当だったとしたらですが。彼がとんでもないほら吹きという可能性もあります。

タカヒロはぼんやりと空を眺めました。

「そうだね。確かに駄目だ。いけないことだ」

どうしてだろう。

俺は好奇心で君が捨てたノートを見てしまった。面白かったのは確かだけれど、なんだか他人の秘密を盗み見たような居心地の悪い気分にもなった。

おあいこ、というつもりはないんだけど、誰にもいわないでくれるなら、君になら知られてもいいような気がした。それに——この地区に住んでいても猩猩を見るのはごく稀《まれ》なことなんだよ。見たという噂《うわさ》を聞くばかりで、一生に一度も見ない人もいるんだから。でも君は他所の人なのに見たんだろう？

君に縁を感じるんだ。

「そういうの。かなーり、勝手な思い込みよ」私はきつくいいました。「反吐《へど》がでるわ。全部あなたがしたくてしていることでしょ。あんた、他人のお風呂を覗いて、相手の裸を見ることは楽しんだけれど、申し訳ない気持ちにもなったから、自分の裸も見てもらいたいっていう変質者と同じじゃないの」

タカヒロは萎縮《いしゅく》して俯《うつむ》きました。

あちこちの屋根には、昼寝をしている猫が寝そべっています。ねじり鉢巻をしたおじさんが二階のテラスから顔を出して私たちを目に留めましたが何もいいませんでした。

「どうなのよ」

「知りたがったのは美和さんじゃないか」

「縁なんてものはこの世にないのよ。ただ自分の都合があるだけ。で、いつまでするの？」

「わからない。たぶん、何かのきっかけで、ふっと解放されるんだろう。そうしたら俺は元の自分に戻る。昔、屋根神だったおじいさんがいてね、その人がいうには、元に戻ると、屋根神だったときにしたことはほとんど全部忘れてしまうんだって」

「タカヒロの家もここのどこかにあるのね？」

タカヒロは視線を先にずらしました。

いくつか先の屋根の向こうに、四重の塔のような見事な建物がありました。ガラス窓の内側に障子がはまっていて、中は見えません。町並みから突き出ていて目立っています。瓦屋根《かわらやね》の塔の横に非常階段がついていました。

「いいとこ住んでるのね」

タカヒロは呟《つぶや》きました。

「ここから屋根伝いに行くか……下にも入り口はあるけど、酒屋の店内を通り抜けないと行けない」

夕方少し前に、タカヒロと私は尾根崎公園で別れました。

困っていることをきかれたとき、ノートを返してほしいと答えればよかったと、タカヒロと別れてから思いつき、舌打ちしました。

6

天下の珍事が起こったのは翌日の月曜日の朝でした。

私たちは朝礼のため、校庭に並んでいました。

唐突に軽いハウリングノイズがどこかのスピーカーから響きました。放送委員が何かしくじったようだ、と誰もが思ったはずです。

次の瞬間、校庭中にアンプを通した木下このみの声が響き渡り、私はのけぞりました。


ちょっとダサめの彼だよね。もしかしてオタク仲間？

こんな奴ガッコにいたっけ。


流れているのは日曜日の会話だと即座に気がつきました。

どういうこと？

誰かがあの会話をこっそりと録音して、全校生徒が集まる朝礼に流している——誰か、とは——タカヒロ以外に誰がいるでしょう？　あの肩にかけていた鞄《かばん》。あの中には確かに鳥の鳴き声を録音するためのレコーダーが潜んでいました。

でもなぜ？

頭の中がぐるぐると廻ります。

そういえばさあ。黒パンの鞄ってよくゴミ箱におちているから、ちょっと臭いよね。

生徒たちはざわつきはじめました。

前に立っている山添京子が振り返り、私をちらりと一瞥《いちべつ》しました。感情の読めぬ顔でした。木下このみと嵯峨野志穂は私の後ろなのでどんな顔をしているのかわかりません。私は、あまりのことに、冷たい汗を流しながら硬直していました。

知らなーい。ゴミと間違えて誰かがいれちゃうんじゃなあい？

教師たちが周囲を見回しています。

担任教師の坂田が校舎に走っていきました。放送室にまっしぐら、というところでしょうか。

放送は流れ続けます。

放送の最初のうち、私は会話を録音した上でそれを朝礼時に流すというタカヒロの度肝を抜くほどの変態ぶりに戦慄《せんりつ》しつつも、これがもしも「三人をやっつけてやる」という目的の行動なら、こんなことをしたって何にもならないのに——と、胸中でため息をついていました。

生徒たちの半分は、謎《なぞ》のハプニングによって朝礼が延びることに苛立《いらだ》ちながらも小声で勝手なおしゃべりをしていますし、そもそもこれはただの女子高生の会話です。品性のかけらもない猿会話ですが、休み時間の教室や廊下、放課後の下駄箱や女子便所などでよく耳にする類の、決して珍しいものでもありません。

ねえ、彼さあ。黒パンとつきあうなら、気をつけたほうがいいよ。黒パン、教師とやってるから。

(黒パンって誰だよ)(あれ、確か……ほら、あの藤岡さん)生徒のざわめきが耳に入り、視線を感じました。私はタカヒロを恨みつつ赤面しました。

タカヒロが、君たち名前は？　と訊《き》く部分は、編集されて消されていました。自分の声はきちんと消す。ぬかりはないようです。ただ、手紙の最後の署名のように、京子、このみ、志穂、と三人が名乗るところはきちんと入っており、そこでテープは一旦終わりました。

そう、一旦――というのはすぐに二周目がはじまったのです。

二周目になると、なんだか妙な声だな、と私は感じはじめました。

その場で彼女たちのキャラクターを前にすれば、「意地悪な冗談」で済まされてしまうような会話が、録音された半匿名《はんとくめい》の音声で、改めて客観的に聞くと、これがまあ、驚くほど印象が変わるものです。他人を傷つけてやろう、見下してやろう、といった悪意が、校庭中に響く声にはありありと噴出しています。人を苛立たせる声でした。まるでタカヒロがテープに呪《のろ》いをかけたかのようでした。

二周目になると校庭に響き渡る悪意のフィーリングに、今までは、自分たちに関係ないと無視していた他の生徒たちも反応しはじめました。

アナタはあ、黒パンのオ、従兄弟《いとこ》デスかあ？

何列か離れた一年生の男子が、「この女馬鹿じゃねえの」と放送の声を嘲《あざけ》りました。

他の生徒たちも、口ぐちに毒づいて反発の意を示しはじめます。放送の台詞《せりふ》をオウムのように真似《まね》してみせて、笑いをとる子もでてきます。

半匿名の悪者に対する集団心理も作用して、ブーイングには殺気すら漂っていました。

放送室に異常はなく、音声は校庭のヒマラヤ杉の中ほどに何者かが設置したスピーカーから出ているのだ、と、教師たちが気付くまでに、会話は六周しました。ヒマラヤ杉の中ほどには、簡単に登ることはできません。垂直の太い幹ですし、最初の枝からして三メートルの高さはあるのです。

三周目の途中で、嵯峨野志穂が倒れ、保健室に運ばれていきました。木下このみに目をやると俯いてしくしくと泣いていました。

繰り返されるごとに声の毒気は強まり、耳を塞《ふさ》ぐ子もでてきました。

朝礼は中止になり、このみや京子の声がしつこく反響する中、私たちはぞろぞろと教室に戻されました。

今回の事件の重要参考人である私と山添京子と木下このみは即座に生徒指導室に呼

び出され（途中で倒れた嵯峨野志穂は早退していませんでした）、この犯罪的悪戯《いたずら》と、いじめの有無についてえんえんと事情聴取を受けることになりました。午後には警官もやってきました。

　私は今回のことは、道でたまたま会った見知らぬ男の子がやったのだろう、と素直に語りました。タカヒロをかばいだてする気もないし、こんな陰湿な悪戯の共謀者と思われる不名誉にも我慢がなりませんでした。ただタカヒロが尾根崎地区の守り神であるらしいことは、一種の仁義として語らずにおきました。

「ファミレスに入る前に話しかけてきたすごく変な人で、どこの誰かもわかりません」

　教師は私に尋ねました。

「おまえは、山添や木下にいじめられているのか？」

　とんでもない、と私は否定しました。

「いじめではなくて、クラスに私の鞄をゴミ箱に放り込む人がいるだけですよ。誰だかわからないですけど」

7

ようやく解放されたのは六時過ぎでした。一人で歩いていると、山添京子がすたすたと近寄ってきて、藤岡さん、と弱々しく声をかけてきました。

私は立ち止まり、京子の顔をしげしげと眺めました。

京子は毒気が抜けていました。彼女はばつが悪そうに、「何といったらいいか、わからないんだけど」と肩をすくめました。

「じゃあ、何にもいわなければ？」

「そっか」

私たちはしばらく並んで二人で歩きました。私の方もまた、何といったらいいかわかりませんでした。適当な言葉を探していると、京子が口を開きました。

「なんか自分の声聞いていたらさあ、恥ずかしくなっちゃった」

京子は強いな、と少し羨《うらや》ましく思いました。志穂など倒れてしまうほどのショックを受けているのですし、このみは放送が聞こえなくなってからも、両手で耳を押さえて「まだ聞こえる、やめて、聞こえてくる」とうわ言のように繰り返していたのです。

私とて、もし京子の立場だったら、「恥ずかしくなっちゃった」で、済まないだろうと思います。

もしかしたら、これは山添京子なりに詫《わ》びをいれているのかな、と、ふと思いました。

「あの、一学期にさあ」

「うん」

「お弁当一緒に食べようって誘ってくれたの断ったの、別に職員室に用事があっただけ、なんだけど」

京子は気の抜けた声で、「ああ、うん」と答えました。「ああ、なんかあったねー、そういうのあったあったー。なんか、今考えると、ウケるー」

京子は「そんなのはもう大昔の笑い話だよね」と力なく擦り寄ってきましたが、私は「〈ウケる〉ってナニが?」と、冷たく一瞥《いちべつ》し、同調しませんでした。

私たちは通学路の途中にある公園に入り、ベンチに腰をかけて、少しの間おしゃべりをしました。

「指導室でもいったけど、今朝のことは、全部あの男の子が勝手にやったことで、私の意志はひとかけらもないからね」

「なんなのあの子？」

「本当に、ぜんっぜん知らない人」

少しすると、山添京子は、「藤岡って本当はもっとハナシ通じない人なのかと思っていたあ」とへらへらと笑いました。「佐藤とよく喋《しゃべ》ってるからさあ」

「ああ、そう」

「今度から仲良くしようね」

「いやなこった」

私はきっぱりといいました。が、それでもにわか仲良し風に、おしゃべりしながら駅まで歩きました。

山添京子とは駅前で別れました。私は徒歩通学ですが、彼女は電車で二駅先から来ているのです。一人になってから空を見上げると、西のほうが茜色《あかねいろ》に染まっていました。

相談もせずに勝手なことをしたタカヒロに対する怒りに、今後の学校生活が若干過ごしやすくなった感謝が混じり、非常に複雑な気持ちでした。

彼女たちを追い詰める二つ目の戦略が、明日始まる……などということになったら大変です。何故《なぜ》こんなことをしたのか問い質《ただ》し、もやもやとしたものに決着をつけ、まだ何かあるなら止めさせなくてはいけない。ついでに『バカトラ』も取り返さなくては。彼のような人間の手元にあれがあるのは危険です。

目に見えぬ糸が、私を尾根崎地区に引っ張っていました。

8

とりあえず家で夕食をとって、シャワーを浴びてから、『後藤』の表札のかかった例の家に向かいました。僅《わず》かに迷いましたが深呼吸してから、からからと引き戸を開き、暗闇の通路に足を踏み入れたのです。

薄気味悪いヒナ置き場の脇《わき》を駆け抜け、中庭に出ると、どこかの家で誰かがゲハゲハと大笑いをしている声や、テレビの音などが耳に入りました。

尾根崎地区の居住者にとっては当たり前の通路でも、私にとっては不法侵入。でも引き返そうとは思いませんでした。

タカヒロの住居である四重の塔の四階の窓の障子戸がぼんやり光っています。

忍び足で屋根に上りました。

タカヒロが私を待っている気がしました。

映画の主人公にでもなったつもりで屋根伝いに四重の塔の非常階段のところまで辿《たど》りつき、四階のテラスまで到着しました。

窓を軽くノックしてみると、しばらく待った後、障子戸と窓が細く開きました。意外なことに、顔を出したのは子供でした。

ぼさぼさの髪に、着物姿の男の子で、半開きの口で私を眺めています。小学校中学年ぐらいに見えました。タカヒロが出るとばかり思っていたので私は少しうろたえました。

「藤岡さん？」

「あ、うん」私はほっとしながら小声で訊きました。「お兄ちゃんは？」

男の子は、入って、と小さく呟《つぶや》きました。

「あなた、タカヒロの弟？」

男の子は「ショウタ」と名乗りました。

四畳半ほどの広さの小部屋でした。ベッドにクローゼット。床には漫画とレゴ。プラスチックのピストル。怪獣の人形。ゴムボール。ずいぶん散らかっています。

私は靴をベランダに脱ぐと、おずおずと部屋に足を踏み入れました。

「ねえ、あの、お兄ちゃんはいるかな？」

「待っていて」

男の子は、封筒を私に渡しました。

「藤岡さんって女の人が来たら渡して読んでもらえって。来なければ燃やしてしまえって」

ひどく嫌な予感がしました。

私はその場で封筒を破くと、中の手紙を取り出して読みました。

9

藤岡美和さんへ

この手紙を読んでいるということは、ここに来てくれたということだね。たいへん嬉《うれ》しい。

前にもいったけど、「こうしたらこうなる」という因果が少しだけわかるんだ。

だから実のところ、君が来てくれるだろうことはわかっていた。

ノートを取り返すため、朝礼の放送の話をするため、ささやかな冒険のため……

動機はたくさんある。

なんだか操るような真似をしてすまない。


ずっといえなかったことがある。本当は君と対面したときにいうつもりだったんだ。ほら、君は、「あなたはただの自分の勝手な思い込みを押し付けているだけ」とかいっただろう。それでまた悩んでしまって、機会を逃してしまった。

手紙の形になってしまったけれど、俺の企《たくら》みを告白しよう。

俺は君の名作『馬鹿な男子に一生消えないトラウマを与える100の方法』を出版するつもりだ。印刷所にかけあって、まずは印刷して三百部製本するつもりなんだ。そうしてあちこちに配ろうと思う。もちろんお金はこちらがだす。君は何もしなくていい。やっぱりあれは俺だけが楽しむにはもったいないよ。

これは俺からのプレゼントだと思ってくれたまえ。

君は眉《まゆ》をひそめるだろうが、黙って見ていてほしい。成功するよ。宣伝もする。どうやって？　朝礼の放送と同じやり方さ！

実はあれは、宣伝のための放送がうまくいくかどうかの実験だった。町中で君の力作を宣伝する放送を流したらどうなるだろうと今からわくわくしている。きっと君は有名になる。三百部はすぐに売り切れる。俺にはわかるんだ。

実はもう動いていてね。二、三日中には準備が整うと思う。

お楽しみに！

タカヒロより

私は眩暈《めまい》をおぼえて壁にもたれました。息苦しさにあえぎ、深呼吸をしました。脳内にたくさんの、「やめて」が泡のように浮き上がって溢《あふ》れ出してきます。やめて。お願いだからやめてください。本当にやめて。絶対にやめて。

朝礼妨害放送の件からして、彼はまったくの本気でしょう。普通の人ではないのです。恐怖で涙が滲《にじ》んできました。

世の中には関わってはいけない人間がいるのだと思いしらされました。

三百部とは三百冊。美奥の市内にあれを三百冊ばらまかれて、わけのわからない犯罪的放送によって宣伝されるなら死んだほうがましでした。仮にタカヒロのいうとおり、反響とやらがあり、少しばかりのお金が入ったとしても、そんなものには、ひとかけらの興味もありません。きっと有名にはなるでしょう。美奥にいる限り後ろ指をさされるような意味での有名には。

「お兄ちゃんは今どこにいるの？」

私は手紙を握り締めながら、搾《しぼ》り出すような声で、ショウタにききました。ショウタは隣の部屋に続くドアへと視線を向けました。

「向こうで待っていてもらえって」

10

ドアを開くと、大きな座敷が広がっていました。

テーブルがいくつか並び、浴衣《ゆかた》姿の何人かの男が酒を飲んでいました。突然の闖入《ちんにゅう》者《しゃ》の私に、男たちはいっせいに顔を向けました。

旅館の宴会場の風景そのものでした。

まさか人がいるとは全く予想していなかったので、私は蒼白《そうはく》になって立ち竦《すく》みました。

「ああ、おう」

赤ら顔の中年の男が私に酔眼を向けて何事かいいました。

「どっから入ったぁ」

「あの、窓から。すみません。ごめんなさい」

「すわりゃ、すわりゃ」

座れといっているのでしょう。メガネをかけた禿頭《はげあたま》の男が手招きをします。乱れた浴衣から胸毛がのぞいていました。

ここがタカヒロの家なら、彼らはタカヒロの父親か、親族か。何もわからぬまま、私は座っていました。普通の精神状態であったなら、背を向けて逃げだしていたのかもしれませんが、そのときの私は動揺していて判断力を完全に失っていました。

「危ないぞお、夜中の屋根は。足元に気をつけとかんと、つるっといくで」

「はい」

意外にも不法侵入を咎《とが》められなかったことにほっとしながら、身を縮めて座敷を見回しました。タカヒロの姿は見えません。

座敷の両側の窓は開け放されていました。なんだかお城の天守閣にいるような感じでした。

「のみゃ。のみゃ」

猪口《ちょこ》が置かれ、酒が注がれました。未成年ですから、と小さくいってみましたが、全く通じませんでした。

　しかたなく、ちびりと舐《な》めると、胃袋が熱くなりました。私はおそるおそる彼らに訊《き》きました。

「タカヒロ君は」

「ああ、はいはい。そのうち来る」

「ここにいんさい」

「待っていればいい」

「あの、ここは……」

「ん？　わしらは集会。時々、仲間で集まっておしゃべりしてるのよ。あんたは気にしなさんな」

「仲良し会じゃ」

　赤ら顔のおじさんたちは、私に向けていた関心を逸《そ》らすと、私にはいまひとつよくわからない言葉で、これまでしていた会話の続きをはじめました。仕事の話にも趣味の話にも小鳥の囀《さえず》りにも聞こえる不思議な会話でした。私はちびりちびりと酒を舐めながら、少しずつほろ酔い加減になっていきました。

三十分もした頃、隅にある階段からタカヒロが姿を現しました。

タカヒロは私に目を向けると、おや、こんばんは、と微笑《ほほえ》みました。

彼の後ろに、私服姿の女の子が二人立っていました。木下このみと、嵯峨野志穂です。

「おうきたきた。なんだあーヒロ。女の子またして」

勘違いしたおじさんが私に「なあ」と目配せをしてみせます。

木下このみと、嵯峨野志穂は、私を見ると沈んだ顔を見合わせ黙って隣に座りました。

「いやいや、美和さん。来てくれてありがとう。二人を連れてきたよ。みんなで仲良くやろう」

タカヒロは満面の笑顔でそういいました。

「京子は」

「彼女とはもう仲良くなっただろう」

「んだ、喧嘩《けんか》してたかあ。喧嘩はよくねえよ」赤ら顔のおじさんが、うんうんと頷《うなず》きながら口を挟みました。「おじさんもなあ、昔、もう少しで殺しあうかってところまでいったんだがな」

「相手は俺とな」別のおじさんが応じます。

ん、なあ、あのときはたいへんだったよなあ。ああ、たいへんだった。

「でもな。屋根神さんが仲裁に入ってくれたら、何もかもどうでもよくなっちまった」

「争いにこだわっているときはわからんが、たいがいはどうでもいいことなのよ。仲良くやんなさい。どうせ、ほりゃ、人生は夢」

あなたたちがそうだったからといって、私たちが同じだとは限らないでしょう？　と、思ったものの、それを口に出すわけはなく、場の雰囲気に迎合した微笑を浮かべて頷きました。

人生は夢、と、酔っ払ったおじさんが繰り返しました。いい夢みたもんが勝ち。

私は笑みを引っ込めると、にこにこしているタカヒロに囁《ささや》きました。

「ねえ、例の本のことだけど」

嵯峨野志穂が視線を向けてきたので、私はタカヒロに、わかるよね？　と目で語りました。

「勝手なことをするのをやめてほしいんだけど」

「ああ、うん」タカヒロは肩を落として、しょぼくれた表情を見せました。木下このみが首を突き出してきました。

「ねえ、藤岡さんと仲良くするから……勝手なことは本当にやめて」

嵯峨野志穂も用心深く、このみと私を見ながら頷きました。

そういうことか、と私は薄らと理解しました。この二人も私と同じく、なんらかの「弱み」をタカヒロに摑《つか》まれているのです。そうでなければ朝礼放送で自分たちを追い詰めた犯人に連れられて、こんなところまでやってくるはずはないのです。私たちは声を揃《そろ》えていいました。

「勝手なことをしないと約束して」

約束するよ。タカヒロは私たち三人を見回すと、目だけは笑わずに笑みを浮かべました。

「みんなが仲良しなら、それでいうことはないんだ」

私たち三人は脅されているのでした。

仲良くしなければ、秘密を使ってそれぞれをとんでもない目にあわせるぞ、と。

杯に酒が注がれます。日本酒のように見えますが、何のお酒かはわかりませんでした。

「仲良しの乾杯だ、な」

私たち三人は、おじさんたちに促されるままに、互いに冷えた薄笑いを浮かべて、乾杯をしました。

「あんたさあ、何様だか知らないけど変なおせっかいとかもうやめなさいよ。普通に学校とか行きなさいよ。ねえ」私は囁き声でタカヒロに絡《から》みました。

その後のことは、酔いのせいもあり、朧《おぼろ》な記憶しかありません。おじさんの一人が裸踊りをしたのにあわせて手拍子をした記憶があります。このみや、志穂とおしゃべりに熱中したような気もします。

どうしたの。いやね、あいつが私の秘密のノートを出版するんだって。やあ最低。このみは。下の酒屋で万引きしたのを写真にとられていたの。きゃあ最低。志穂は。京子の彼氏と二人で遊んだのを京子にばらすって。ああ、だから京子はいないのね。

何を話したかはほとんど記憶に残らず、どうでもいいことで、げらげらと笑っていたような気がします。私は二人のことが好きではないし、二人も私のことが好きではないはず――それなのに、どうしたことか、いつのまにか芽生えた『タカヒロ被害者の会』とでもいうべき連帯意識や今後の学校生活における己の処世に対する懸念《けねん》などが絡み合い、酔いも手伝って、私たちは即座に打ち解けてしまいました。

不思議なお酒でした。仲良しのお酒などというふざけたものが本当にこの世にあるのでしょうか？　わかりません。

いろいろなことがどうでもよくなってきました。どこかで誰かがげらげらと笑うと私もつられてげらげらと笑います。志穂が、私にもたれかかってきて、私たち三人は楽しく歌まで歌ってしまいました。

やがて、壁と天井がぐるぐると廻り始め、私は目を閉じました。まるで大海原に揺れているようでした。ただざわざわと複数の話し声が折り重なった混沌《こんとん》としたノイズだけが聞こえていました。

蠟燭《ろうそく》の炎が消えるように、話し声の一つがふっと消えました。あれ、誰かトイレにでもいったのかと私は思いました。再び、話し声が一つ消え、さらにもう一つ消えました。後から思えばこのとき微《かす》かに「藤岡さん、藤岡さん」とこのみが呼ぶ声や、「大丈夫だよ、藤岡さんち、遠くはないから一人で帰れるよ」などと志穂がいっている声が聞こえたのです。私は目を閉じたまま「帰るなら私も帰る」といったように思いますが、あるいは寝ぼけて発声したつもりになっていただけで、何もいわなかったのかもしれません。

開け放した窓から忍び込んだ秋の夜気が、私の頬を撫《な》でました。

目を開くと座敷は真っ暗でした。

誰もいなくなっており、さきほどまでの宴の気配も、酒の匂《にお》いも、幻の出来事であったかのように消失していました。

寝てしまったらしい。そして置いていかれてしまった。私は状況を察しつつ、何時なのだろう、と身を起こしました。

ふらふらと自分が入ってきた窓のある部屋の扉を開きました。闇を背にして欄干にショウタが腰かけていました。

「みんな帰っちゃったわけ？」

私がきくと、ショウタは頷きました。

「タカヒロ……お兄ちゃんも？」

——お兄ちゃんも帰ったよ。自分の家に。

「そうなの？　じゃあ、あんたも帰らないと」

——ぼくの家はここだもん。

兄弟なのに、別の家に住んでいるのか。いや、兄弟と私が思っていただけでそうではなかったのかもしれない。

私は欄干のショウタを凝視しました。なんだか彼がそこにいる気が今一つしなかったのです。実体のない影を見ているような。

——お兄ちゃんはもういない。でも、今日からはお姉ちゃんがいる。

着物姿の童子の影は、一瞬、何か赤い獣のように見え、意識を凝らすと形が崩れ、もう何もいなくなっていました。

猩猩。

私はふと、大昔の秋祭りに出会った男の子を思いだしました。朧な記憶の中の少年とショウタが重なりました。そういえばあの日獅子《しし》舞《まい》の順番の予約をいれたような気がします。どうやら私の番が廻ってきたのかもしれません。

そっかあ、今日からお姉ちゃんかあ。

伸びをしました。

まだ夜ですが空は微かに白んでいます。すがすがしい気分でした。今日は一日、あちこちに挨拶《あいさつ》をしたりして忙しくなる予感がします。

不安も、恐怖もなく、家も学校も中間テストの元素記号もどうでもよく、それよりも何軒か先の生活通路に突き出た楓《かえで》の枝を切っておくのが、今は一番大切なことだなと思いました。

くさのゆめがたり

1

遥《はる》か昔の話だ。

幼少の頃より、私の関心事は人よりも植物だった。その匂《にお》い、肌触り、存在感は私の心中の多くを占め、何度も夢に現れた。私は自分が人里の側ではなく、山の側にいる存在なのだと感じていた。

叔父は山歩きの達人で、私も幼いころからよく一緒に山に入って手ほどきを受けた。叔父は海沿いの集落の外れに小さな畑も持っていたが、やはり里の人間ではなかった。叔父は山奥にいくつも小さな庵《いおり》を持っていて、いったん山に入ると、庵を拠点にして行動した。

仕掛けや罠《わな》で魚や獣をとること。野草を摘むこと。皮をなめすことや、肉を保存すること、小屋の作り方はもちろんのこと、医術や天文、気象のことまで、ありとあらゆることを叔父は知っていた。

毒や薬について教えてくれたのも叔父だった。蛇や蛙《かえる》や虫や植物から、どのような毒がとれるか、何が薬になるか。血止めや、風邪薬からはじまり、百を越す調合の知識を習った。

——刀と毒の違いを教えてやろう。

かつて叔父がいった言葉をおぼえている。

刀は相手と向き合わなければならないが、毒は向き合わなくていい。刀は体力と技術のぶんしか殺せぬが、毒はうまく使うだけで大勢を殺せる。

——古来から、国だって毒で動いてきたのだ。国の急所に毒を擦り込めば、戦をせずとも国を滅ぼすことができる。

よく意味のわからぬことだったが、叔父ならどんなことでもできるだろうと思った。命を奪う毒は、毒の中では一番低級でありふれたものだった。

——まあそんなくだらんことはよい。よいか、俺はおまえにいろいろ教えるが、おまえは知ったことは誰にも教えてはならんぞ。特に毒についてはな。決して誰にもだ。全《すべ》て秘法と心得よ。

毒の知識が深いというだけで、人に疎《うと》まれ、恐れられ、思わぬときに濡《ぬ》れ衣《ぎぬ》を着せられる。毒に詳しいことを里の人間に知られただけで、おまえは磔《はりつけ》にされて殺される。それだけではない。里人の本性は邪悪で愚かだ。たった一人の人間にでも作り方を教えれば、あっというまに巷《ちまた》に流行し、いたるところで人が人を毒殺する陰惨な世がくるぞ。

野にあるものは、植物も動物も鉱物も、みな固有の〈気配〉を放っていた。世界は五官で感じ取るものとは別に、ありとあらゆる〈気配〉で満たされていたともいえる。ヒナゲシはヒナゲシの気配、エノキダケにはエノキダケの気配。それぞれの存在はそれぞれの宇宙を持ち、あるものは派手に、あるものは密《ひそ》やかに、そこに在った。私は目を瞑《つむ》っていても手にした花や草木の名をあてられた。

毒や薬の調合は、〈気配〉を重ね合わせる遊びであり、釣りや罠で獣をとることも、獣の〈気配〉を読みとり、利用することであった。

雲間から陽光の射《さ》す秋の午後、何処《いずこ》とも知れぬ高原の岩場で叔父は足を止めた。

——珍しい。オロチバナだ。

野山のものなら、黴《かび》でも死骸《しがい》でもどんなものにでも興味を示してきた私だが、不思議なことに最初私の目にオロチバナは映らなかった。それゆえ、叔父の指差しているものはなんだろう、と首を傾《かし》げた。意識を集中すると、ようやく岩と岩との間に花を認めて、あっと声を上げた。

見えたか？　と叔父が笑った。

妖艶《ようえん》な緋色《ひいろ》と橙《だいだい》。黄色い筋の入った八枚の花弁だった。茎は緑色だが、鱗《うろこ》のような筋が入っている。

見た目はただの草花だが、他のどの植物とも圧倒的にかけ離れている幽冥《ゆうめい》の気配に、胃がすうっと縮まった。崖《がけ》っぷちに立って下を見たときのようだ。

——どうだ、アレの気配は？

——怖い。最初は視えなかった。

叔父は、オロチバナは誰にも視えるものではないのだ、といった。

——オロチバナはヤマタノオロチが血を流したところに咲くといわれる花だ。どこにでもあるものではないし、五感のみで生きている者は通りがかっても視えぬ。禁断の神薬、クサナギを作るのに使うという。

——クサナギ？

——生死を超越する効果をもたらす秘薬とも、災いを呼ぶ呪法《じゅほう》に用いるものともいわれるものだ。製法は秘伝中の秘伝だが、秘密にしすぎて今では誰も作り方を知らぬ。まあ、禁断の技だからそれでいいのだがな。

——叔父さんでも作れないの？
叔父はこの問いには答えずに笑った。さあ行こうと私を促す。珍しい草花を見れば採取するのが叔父の常だったが、オロチバナは例外だった。
——世の中には触れてはならぬものもある。しかしオロチバナを見るのは十年ぶりだ。おまえもあれには触れないほうがよい。

叔父は本草学の本を持っていた。虫や草木の細密な絵がたくさん載っている本で、時には薬の製法も記されていた。私のお気に入りの本で、手元になくても全ての頁《ページ》を思い出せるほどその本を読みこんでいたのだが、オロチバナのことはどこにも記されていなかった。

私は叔父の全てを知らない。彼がどのぐらい秘術を知っていたか、いくつの庵を持っていたか、どこから来たのか。本当に私の叔父なのか。叔父には常人には持ちえない一種の超越的な雰囲気があった。秘密を知り尽くした賢者の凄《すご》みと、野山をものにした山人の強さがあった。叔父の放つ〈気配〉は、岩のようだった。私はあるときは叔父を怖いと思い、あるときは叔父のようになりたいと思った。

2

ある夏、私は叔父を殺した。滞在が数ヶ月に及んだ山奥の庵だった。私は菌類と蛙の体液から調合した毒を叔父に渡す酒に混ぜたのだ。叔父から教わったものではない。これまでの知識の応用と直感から思いついて調合した毒だった。野薔薇《のばら》の香りのする酒に混ぜると毒の気配が消えた。

どんな理由だったろう。幼い者が自分の作った薬の効果を知りたいがために、発作的な衝動でやってしまったか。どうでもいいようなささいな喧嘩《けんか》をして腹が立ったからなのか。あるいは私にとって絶対者であった叔父も、人並みに毒で死ぬのだろうかと好奇心を抱いたのか。

とにかく、私は叔父の酒に毒をいれた。

叔父は眠るように死んだ。

自分で毒殺しておきながら、何度も話しかけ、揺り起こそうとしたのをおぼえている。

彼がもう二度と起き上がらないのだと確信した瞬間、私は山々に木霊《こだま》する後悔の絶叫をあげた。

私は叔父の死体を庵に残し、その周辺でしばらくうろうろと停滞した。罠を見回り、獣をとったり、野草を摘んだりしながら、叔父を蘇《よみがえ》らせるための薬を調合し、叔父の死体に試し続けた。むろん一度死んだものが息を吹き返す術などあるはずもなく、やがて叔父の死体は腐り、ひどい臭《にお》いを発した。

叔父を失った夏、私はじりじりと狂気の淵《ふち》に導かれつつあった。山の心と私の心は何度も融合し、立体的な囁《ささや》きが聞こえた。目に見えぬ無数の影の糸が、私の心と体を縛り付け苦しめた。影の糸は、最初は一本だったが、時間と共に、もう一本、また一本、と増えていくのだ。

ム、ウウウウン、と、羽虫の羽音が近くなり、また遠くなる。

——オロチバナだよ。

私の中で私でない誰かがいった。叔父の声にも、別の誰かの声にも聴こえる。

雨を孕《はら》み、低く垂れ籠《こ》めた夏雲の下に揺れる黄色い花から、蟷螂《かまきり》が顔を覗《のぞ》かせる。

——オロチバナだってば。それしかないだろう。探すんだよ。

ろう。

——オロチバナ？

——クサナギじゃなくっちゃ。クサナギを作るんだよ。クサナギに決まっているだろう。

蟷螂は首を回し、かさかさと葉の裏に隠れた。

私はいつか叔父と見たオロチバナのことを思い出した。あれは秋だった。季節が違う。別に花が咲いていなくてもいいのかもしれないが、山野に精通した叔父のような男が、見るのは十年ぶりというほど希少な植物だ。

——ほんっとにまあ愚かなやつだよ、おまえは。

私の中の声はそういい捨てると、嘲《あざけ》りの笑い声をあたりに響かせながら私から離れ、蚋《ぶよ》の群れになって森の暗闇《くらやみ》に消えていった。

私は押し寄せてくる焦《あせ》りに促され、見つかる見込みの薄いオロチバナをうろうろと探してみたり、叔父の死は叔父が悪いのだと、強引な責任転嫁《てんか》の台詞《せりふ》を呪文のように繰り返したりしながら、じりじりと時が流れていくのに任せていた。

「おやこんなところに男の子が。そこで何をしている」

深みのある太い声だった。

しゃがみこんで、捕まえた蛇を撫《な》でていた私は顔を上げた。編み笠をかぶった旅の僧侶《そうりょ》が立っていた。

「もしやこのあたりに山里があるのか」

私は首を横に振った。ここは山奥で里など遥か遠くだ。僧侶が、おまえはどこに住んでいるのかと問うので、黙って庵に案内した。

僧侶は叔父の死体を見ると、私に視線を向け、「死んでおる。もう生き返りはせん」と辛《つら》そうにいい、経をあげた。

「これで大丈夫だ。辛かったろう」と僧侶は私の頭をやさしく撫でた。何が大丈夫なのかわからなかったが、とにかく大丈夫になったのだと思った。すると涙が溢《あふ》れてとまらなくなり、私は嗚咽《おえつ》した。

私を縛りつけていた無数の影の糸が、僧侶の経によりぼろぼろと消滅し、解放されたのだ。涙は深い安堵《あんど》とすがすがしさから零《こぼ》れ落ちた。

僧侶の名はリンドウといった。私たちは叔父の死体を、庵のそばの紫の花畑に埋めた。埋めた後に花を戻すと、叔父は紫の花畑に溶けてしまったように感じた。

「ここなら花に囲まれて、幸せなことだろう」

リンドウはあたりを見回すと、ふっとため息をついた。

「しかしここは、山奥の……ずいぶん美しい場所だな」

私はリンドウに連れられてその場を離れた。

リンドウは平気な素振りをしていたが、どうも迷っているようだった。人里や街道を探しているのだが、歩いては崖に突き当たり、戻って迂回《うかい》しようと獣道に踏み込み、ぐるりと岩山を巡って出発点に戻ってしまったところで日が暮れる。叔父と比べれば、リンドウはやはり里の人間だった。

私は言葉を発する能力を失っていた。リンドウの話すことは理解できたが、どうしても自分の喉《のど》から言葉が出ない。何かを伝えねばならぬときは身振りで示した。

リンドウのために、野草を摘んだり、川魚をとったり、鳥の巣から卵をとった。それらを差し出すと、彼は驚嘆の表情を浮かべた。

「なぜとってこられる？　山育ちというだけで説明はできん。おまえは何者なのだ？」

彼はしばらくじっと私を見つめた。私はただ黙って見返すことしかできなかった。

私としては、とりたてて凄いことをしているつもりはないので、むしろ彼の驚嘆は意外だった。

「仏の使いか……何か……加護を受けたものか」

リンドウは頭《こうべ》を垂れ、祈りを唱えた。

身振りと手振りで、自分が里まで先導しようと持ちかけた。リンドウは素直に従った。叔父と歩いた道を思い出し、風の匂《にお》いを嗅《か》ぎ、地形の先を読んで、私は森を抜け、尾根を下った。

叔父を埋めた庵を離れてから、二晩が過ぎた日の午後だった。川沿いの里が見えるところへたどりついた。

立ち並ぶ集落の屋根を目にすると、リンドウは、おお、と喜びの声をあげて私に顔を向けた。

「無事に人里に出られた。口利《き》かぬ不思議な童よ、ありがとう。お主どうする？　このまま山に戻るか？　それともわしについてくるか？」

ついてきても一向に構わぬが。

私はついていくほうを選んだ。山に帰ろうと思えばいつでも帰れる。せっかくだから久しぶりの里も悪くない。

3

私はリンドウと共に一月ほど旅をした。彼はあちこちの里を訪れ、経をあげ、寺の住職に寝床を提供してもらっていた。その種のことに対する知識や関心がほとんどないため、彼がどんな宗教のどのような位置づけの僧侶なのか私にはわからない。私は彼が人に会って「仕事」をしている間はあまり近くには寄らなかった。里の植物を見たり、獣とじゃれたりして過ごしていた。私と彼は、不必要に干渉することなく心地よい距離をたもっていた。

相変わらず、山菜をとったり、魚をとったりして、リンドウに渡していた。あの影の糸から救い出してくれたお礼のつもりだった。

リンドウは私のとった魚を火に炙《あぶ》りながらいった。

「天狗《てんぐ》の子供だな。おまえがおると飢えるということがない」

山での彼は頼りなかったが、里での彼は水を得た魚のように頼もしかった。

リンドウは女郎屋にしけこむこともあれば、猪《いのしし》の鍋《なべ》を囲むこともあった。

ある寺に泊まった際、行灯《あんどん》の光の下、リンドウは己の妻を川の出水で失ったことを話した。彼の妻が大雨の日に外に出て行ったきり帰らず、翌日に遺体が下流に流れ着いていたという話だ。私は口が利けないままだったので、会話にはならなかったが、彼はただ話したいことを話していた。話の最後にはぼろぼろと涙を流した。彼が人前では決して見せることのない弱い姿だった。

あまりつきまとっては迷惑かとも思い、なんどか身振りで別れを告げようとしたが、わしの故郷の村でしばらくゆっくりしてからでも遅くはあるまい、と彼は引き止めた。そこに亡《な》き妻との間の娘がいるのだという。

ようやくリンドウの故郷の村に足を踏み入れ、落ち着いたのは彼岸も過ぎた頃だ。村の名は春沢といった。

絹代が寺に現れたときのことはよくおぼえている。碧空《あおぞら》高く、寺を囲む杉の梢《こずえ》を秋風がざわめかせる日だった。

あっと見惚《みと》れるほどの娘だった。後に二十七歳で人妻だと知った。娘というにはおかしいかもしれない。白地に桔梗《ききょう》をあしらった着物は眩く輝き、神々《こうごう》しいほどだった。

絹代を目にした私はあまりの衝撃に杉の木の裏に隠れてしまった。絹代はリンドウを見ると微笑《ほほえ》んで頭を下げた。

「お父様。ずいぶん長い旅でしたね。ようやく戻ってらして」

そちらは？　と絹代が木の裏から顔を突き出している私に首を向けると、リンドウは私の様を見て噴き出した。

「名は知らぬ。天狗の子供だ」

「あら、名は知らぬじゃないでしょう、かわいそうに」お父様はまったく、と絹代は眉根《まゆね》を寄せた。「まさか他所《よそ》で」

隠し子か、といいたかったのだろう。

「違う、違うぞ。山で迷っているときに出会ってな。近くに父親らしき男の骸《むくろ》があった。山人の子かもしれん。凄いぞ。山からなんでも取ってきよる。だがどうも口が利けんようなのだ」

本当かしら、と絹代は首を捻《ひね》ってから、屈託のない微笑を向けた。さあ、こちらにいらっしゃい、と私に手を差し出す。

私はまじまじとその手を見た。当時の私の歳は十一か、十二だったが、まさか幼子のようにそこに飛び込んでこいとでもいうのか？

「照れておるようだ」リンドウが笑った。

私は顔と耳に血が上り、背を向けると走って逃げ出した。気が動転して胸が一杯になってしまった。ただひたすらに恥ずかしく、この恥ずかしさを消し去るにはどうしたらいいかと考えるのだが、まるで術が思い浮かばなかった。

一刻ほど走り回って山に入り、ふと思いついて栗を拾ってから寺に戻ると、もう誰もいなくなっていた。その日は一日中絹代のことを考えて過ごした。

数日後にリンドウと一緒に絹代の家に遊びに行った。瓦屋根《かわらやね》の家だった。庭の柿が実をつけている。絹代は夫と共に私たちを出迎えた。絹代の夫はがっしりとした体軀《たいく》の誠実そうな男で、後ろには十歳の娘がいた。

娘の名を花梨《かりん》といい、絹代の娘ということはリンドウの孫でもあった。

「誰え、これ、誰え」と花梨は興奮と警戒の入り混じった視線を向けながら父親と母親のまわりをはしゃいで走りまわった。

慣れてくると、そろそろと足を踏み出し、「こんにちは。名前は?」ときく。

私は口を開きかけた。だが叔父の死と共に失った言葉は戻ってこない。自分の名前もよくわからない。

「テンだ」リンドウが割って入った。「花梨。この子はテンだ。山を風のように自由に駆ける天狗の子供だぞ」

「天狗？　親は？」絹代の夫がきく。リンドウが私を見つけた経緯を説明する。

やがて大人たちは茶を啜《すす》りながら、大人たちの会話をはじめた。

団子をもらって口に運んだりしているうちに、なんとも幸福な気持ちになった。団《だん》欒《らん》の賑《にぎ》わいが、私には新鮮だった。

花梨は言葉を発さぬ私から興味を逸《そ》らすと絹代のところに行き、その腰にしがみついた。絹代は花梨を膝《ひざ》に乗せて優しく頭を撫でた。

花梨が幸せそうに細めた目を向けた。

これオカアサンだよ。いいでしょ。

私がぼんやりと見ていると、絹代が片手を差し出して微笑んだ。ほら、あなたも。

こっちに来ていいのよ。

温もりの誘惑は眩暈《めまい》がするほどだったが、同時に私は強い不安を感じて、庭に飛び出した。あの腕に抱かれたら、蕩《とろ》けながらも、心中にある王国の何もかもを失ってしまうと思った。

4

翌日のことだ。

道を外れて木立の中を歩きまわっていると、樹木が途切れた。

一角が鮮やかな緋色《ひいろ》の混じった橙色《だいだいいろ》に染まっていた。

私は息を呑《の》んだ。

幼き日にただ一度見かけたきりの黄泉《よみ》の国の名花。叔父が死んだとき、あれほど探したのにどこにもなかった花。

そのオロチバナが数百本も群生して花弁を開いている。どうして今頃、と唇を嚙《か》んだ。

リンドウが経を唱えたときに霧散した影の糸が音もなく視界の端をよぎった気がして、全身にじっとりと汗が滲《にじ》んだ。

オロチバナに囲まれるように、藁葺《わらぶ》きの庵が建っていた。叔父といた頃の山奥の庵を思い出させる、狭くて簡素な造りのものだ。

ふらり、と庵から老婆《ろうば》が顔を出した。

年齢がわからぬほど年をとっている。着物はあちこちがほつれ、真っ白な髪が額にはりついている。見開かれた白に近い灰色の瞳《ひとみ》は盲目であることを示していた。

「誰ェ」

老婆は繰り返す。誰ェ。

逃げようと思ったが、足が竦《すく》んで動かなかった。オロチバナの中に立つ老婆が、オロチバナと同じくこの世ならぬ気配を放っているように見えたのだ。老婆はぶつぶつと、何事かわからぬ言葉を呟《つぶや》いた。ようやく、イネ、イネ、という部分が聞き取れた。「立ち去れ」といっているのだ。

老婆はふと黙った後に、涎《よだれ》を垂らし、ねじ曲がった笑みを浮かべると、後ろ手に持っていた鎌を振り上げ、猫なで声でいった。

「帰らぬのかぁ。帰らぬのかぁ。地獄に引きずりこまれたいにょかねぇ」

太陽が厚い雲に遮られ、薄暗くなった。オロチバナのこの世ならぬ気配が強まった。庵をとりまく空間が歪《ゆが》んだように感じた。私は背を向けると、全力で、転がるようにその場を離れた。

オロチバナの咲く庵から命からがら逃げ出した日の夜、私は高熱を出し、夢を見た。

叔父が現れた。夢の中で叔父は私に何かひどいことをいった。忘れかけた叔父の顔は天狗の顔になった。

薄暗がりに横たわる天狗はみじろぎもしない。

風の音、虫の音、月の沈む気配。

やがて庵は崩れ落ち、紫の花畑が現れる。天狗は花畑のどこかに埋まっている。灰色の空の下、野を埋め尽くす紫。紫の花はいつのまにか橙に色を変え、オロチバナの老婆が不吉に笑っている。

私は男だけれど、もしもリンドウに会わなければ、将来はあの老婆のようになっていたかもしれない。

私は走る。

岩を飛び越え、川を飛び越え、山を飛び越え、夜を飛び越え、山風のごとく走る。

行く先の彼方が仄《ほの》かに光っている。

光が降り注ぐ華やかな土地に、絹代が微笑んで手を伸ばして私を待っている。

飛び跳ねたくなるほどのすがすがしい朝を迎えた。

言葉が戻ってきたのはそれからすぐだった。

再びリンドウと共に絹代の家に行ったときのことだ。リンドウと絹代の夫は春沢に時折出没する山賊について話していた。誰が死んだ、誰が姿を見た、という話だ。

花梨は庭にいた。真っ赤に紅葉した椛《もみじ》の木の下で、上機嫌に手毬《てまり》歌を歌いながら、毬をついていた。

庭に出ると毬を投げられる。

毬を投げ返すと、花梨は両手で受け取り、けらけら笑った。私もつられて笑った。

花梨は笑いを引っ込めた。

「テンは喋《しゃべ》れないの？」

肩を落とした私に、花梨は口を指で示していった。

「あーって、いってごらん、あーって」

年下の甘えん坊の女子に馬鹿《ばか》にされたような気がして、むっとして答えた。

「しゃ、しゃ、喋れるよ」

花梨の顔が凍りついた。

私自身、しばらくぶりに自分の喉《のど》から出たしゃがれ声に驚愕《きょうがく》の表情を浮かべたと思う。

花梨は叫び声をあげて家に走りこんだ。嘘吐《うそつ》きだ、嘘吐きだ。みんなみんな、きいてきいて、テンはねえ。ホントはねえ。リンドウが膝を折って私にきいた。

家のものが総出で庭にでてきた。

「喋れるのか？　何か喋ってごらん」

絹代がやさしく声をかけた。

「テンと自分の名前をいってみなさい」

「テン」私は掠《かす》れ声でいう。

大人たちが顔を見合わせた。花梨が絹代の腰にしがみついて訝《いぶか》しげに私を見ていた。

大丈夫。私は自分にいい聞かせる。来る季節のことに思いを馳《は》せる。大丈夫。

5

数年のうち、私はその里——春沢に己の居場所を見つけていた。

村の外側を川が流れ、街道に向けて木賃宿や女郎屋が並んでいた。一里離れたところにある鉱山の人足や、旅人で賑わい、時には市もたつ。近隣では〈春沢〉といえば、街道沿いの猥雑《わいざつ》な景観や、女郎屋を思い浮かべるものが多かった。

春沢の集落はそこから川を渡った奥にあり、もっとひっそりとしている。多くは農家だった。

集落の東には共同の大井戸があり、村人の多くはそこから飲み水を汲《く》んでいた。春には井戸の傍らに立った桜の大木が花を咲かせた。桶《おけ》を下ろして水を汲むと、花びらが浮いた。

私はリンドウの寺で暮らしながら、里の薬売りのもとに通いで働くようになった。風邪薬や、喉の薬、腰痛に効く貼《は》り薬、精力剤などを命じられるままに、役所や女郎屋や、誰それの家に届けたり、材料となる薬草を山に入ってとってくる仕事だ。

薬売りの薬草の知識は、私からするとたいしたことがないというより、何も知らないのにほとんど近かった。彼は効果があると信じて効果のないものを売っていたし、野草が放つそれぞれの気配など何も感知できないようだった。

薬売りはいつも仏頂面《ぶっちょうづら》で、物事の理解に鈍く、金にうるさい男だった。私は彼に気にいられるために、近辺の野草だけで扱う薬の種類を三倍に増やせることを教えてやったり、知識の間違いを正してやろうとは思わなかった。彼が真理より、自尊心を重んじる男なのは明白だったし、叔父の教え——〈己の知識を人に語らず〉を私は忘れていなかった。

言葉は完全に戻っていた。

時間の空いているときは、植物と過ごした。

オロチバナの庵は、魂を吸い込む恐ろしい土地と記憶され、再び行こうとは思わなかった。

リンドウは、テンはすっかり普通になった、といった。

花梨とも仲良くなった。二人でよく山菜をとりにいったり、川原の岩に腰掛けて川の水に足をつけて話した。

「前に住んでいたところはどんなところ」

「美しい山奥」私が答えると、花梨は私の答え方が面白かったのか腹を抱えて笑った。

私のほうが年上だったが、お兄さん、といった態度ではなかった。

「栗鼠《りす》もいる？」

「たくさんいるよ」

「狐《きつね》も？」

「狐も、兎《うさぎ》も、狸《たぬき》も。別にこのへんだっているだろ」私は山の上のほうを指差す。

「あのへんなんか熊の通り道がいくつかあるよ」

花梨は私が指差した山を見上げて目を細め、信じられない、という顔をした。

「美しい山奥の前は？」

「海の近くだったけど。もうおぼえていないや」

「ねえ、最初、喋れないふりをしていたの」

「そうじゃないけど」

川面に鱒《ます》の背びれが見え、私は身を起こすと、素早く右手を打ちこみ、跳ね上がった鱒を胸で受け止めた。

「やるよ。今日の夕食」

花梨は私が絹代に憧憬《しょうけい》の視線を向けているときには、どこかむっつりと不機嫌な表情を見せることがあった。そのため、私は花梨の前では、なるべく絹代には近寄らなかった。


ある日、いつものように山菜と薬草をとりに山へ入っていると、枝のしなる音や、熊笹をかきわける音、男の話し声が遠くに聞こえた。

私は音のするほうに忍び足で近寄っていった。

縛られ、もっこに乗せられた女と、それを取り囲むように三人の男が座っていた。

一人は煙管《きせる》をふかしている。

三人とも野武士めいた出で立ちで、脂《あぶら》ぎった肌に無精ひげを生やし、腰には脇差《わきざし》をさしていた。休憩中、といった様子だった。縛られた女は、頬に殴られた痕《あと》があり、着衣は乱れ、目は恐怖に見開かれていた。

「これから冥土《めいど》に行くまでに、たんとかわいがってやるからよお」

「生娘でもあるまいに、まあ、お目にとまって良かったろう。大貫様がじっくり仕込んでくださるってなあ」

男が下卑た笑いを浮かべた。

よく大人たちが話題にしていた山賊とはこやつらのことか、と思った。哀れな女を助けてやりたかったが、相手は刀を持った三人で、面と向かって私一人でどうこうできる自信はなかった。

少しすると男たちは女を乗せたもっこをかついで動き始めた。私は樹木に隠れて跡をつけた。もっこをかついで山道を行く者の追跡など容易だった。

私は男たちの行く手に先回りした。道の脇に転がっている大岩の上に登って声をかける。

「何をしている」

問いかけると、三人は足を止めた。男の一人が目を丸くして素早く刀を抜いた。

「山菜取りか。ガキじゃねえか」

別の一人が、目を細めた。

「行け。行け。見たことは話すな。忘れろ」

「いや、やっちまったほうがいいだろう。口のきき方が気にくわねえ。ホレ、降りてこい」

「震えてやがる。坊主、さっさとせんか」

退路は確保していた。一番近く、抜刀している男の顔に、後ろ手に握っていた石を、渾身《こんしん》の力で投げつけた。

石は命中し、男はのけぞって倒れた。

挑発の言葉を投げかけ、岩から降りると木々の間に入った。

彼らは怒声をあげながら三人で私を追ってきた。追わせるのが目的だった。あと少しで追いつけると息を切らせたふりを見せながら奥へ奥へと誘い込む。

「小僧、ただで済むと思うなよ」山賊の一人が叫んだ。

木立に入れば、彼らは威勢よく怒声をあげるだけの不器用な生き物と化した。私は速度をあげ、茂みに隠れて位置を変えながら、彼らに石をぶつけた。熊笹の斜面で一人が足を滑らせ、転げ落ちた。鹿の胃袋を干して作った巾着《きんちゃく》を木の枝に引っ掛けて落としてしまったが、私の被害はそれだけだった。

スズメ蜂の巣の下でうろたえている山賊たちを残して、素早く元の場所に戻り、女の縄を切った。

女は震えながら、ありがとうございます、と繰り返した。どこの者かときくと、春沢のものだという。私は彼女の手を引いて山道を逃げた。素足の彼女を何度かおぶった。

夕刻までに、私は女と無事に里へ戻ることができた。


寺で葬式の経をあげていたリンドウにことのあらましを語った。大きな事件だった。

私が救い出した女は、川沿いの宿屋で働く女で、葛餅《くずもち》をお礼に持ってきて、リンドウとなにやら話していた。

翌日には、役人たちが山賊を狩るための討伐隊を出したときいた。それきりその話はうやむやになった。人に訊《き》いても、もう討伐されたとも、されていないとも曖昧《あいまい》な答えしか返ってこなかった。


山賊事件から数日後のことだった。リンドウから絹代の家に野菜を持っていく使いを頼まれた。

絹代の夫は畑に出て留守にしていた。私は籠《かご》一杯の野菜を渡した。

絹代はそろそろ三十路《みそじ》であり、初めて会ったときよりはふくよかな印象の女になっていた。私は相変わらず絹代に深く恋していた。絹代だけではない。私は絹代の夫も、絹代の娘の花梨も深く愛していた。彼ら家族が揃《そろ》ったときに流れる、明るく甘い時間。それを見ているのが好きだった。

縁側でお茶を飲んでいきなさいと絹代はいった。いわれた通りにすると、絹代が隣に座った。

「テンちゃん山賊に会ったんだって」

私は少し得意な気持ちで、山で起こった一部始終を話した。リンドウか誰かから、一度は聞いた話なのだろう。絹代はうんうんと頷《うなず》きながらきいた。

「もう捕まったのかな」私はいった。

「どうかしら」

「まだ山に隠れているのなら、われが探せば隠れている場所を見つけられる」

「いけませんよ」絹代は暗い表情で首を横に振った。

「危ないことをしてはいけません」

「大丈夫だよ。お役人さんと一緒に行ってもいいし」

絹代は短い間の後、呟《つぶや》くようにいった。

「山賊はね。いずれいなくなるのよ。だから放っておけばいい」

「いずれ？」

よく意味がわからなかった。人間社会の決まりごとは――悪事を働いた人間がいても、その人物がどこかに行ってしまえばそれでいい――などといった消極的なものではないのではないか。大雨や旱魃《かんばつ》ではないのだ。それに、山賊がいずれいなくなるとなぜわかる？

「難しい話なのよ。あなたもこの里の一員なのだから隠すことではないかもしれないし、知らないより知っていたほうがいいかもね」

絹代がぽつぽつと話したことは、彼女の言葉通り、私には難しい話だった。

この土地の領主の嫡男《ちゃくなん》は愚者だった。強姦《ごうかん》、殺人などの横暴を働いては、うまく揉《も》み消してもらい、家臣が何度諫《いさ》めてもいうことをきかず、むしろ諫めた者に逆恨みして横暴の矛先をそちらに向けるのだという。まともなことは何一つできず、驕慢《きょうまん》さだけが肥大して、彼が継げばお家が滅びると噂《うわさ》されていた。

そんな嫡男は勘当同然の形で城を追い出された。別に腹違いの弟がいたが、こちらは人望の厚い優秀な男だという。

追放されたとはいっても、領主の正妻の息子である。血筋的に見れば一番有力な後継者候補であることに変わりはない。腹心の家来を数人引きつれ、領主の正妻から相応の金をもらっての出立であったし、名目上は春沢の山向こうにある国境警護の任に赴いたことになっている。

春沢に出没する山賊の一行はそのお武家様の一味なのだと絹代はいった。

役人もそのことを知っている。被害があれば『山賊討伐』を組織するが、形だけで捕まえようと本腰を入れることはない。山賊の頭領は、本来、路上で会ったなら平伏しなければならない人間だ。田舎役人が下手なことをすれば首が飛ぶ。迂闊《うかつ》な噂を流しただけでもお縄をくらいかねない。何も知らぬふり、見て見ぬふりをして、関わりを避けてやり過ごすしかない。

彼らが何を考えているかはわからない。国境警護の関所にはめったに顔を出さないという。気まぐれな山賊行為をはじめたのは数年前からで、街道に腹違いの弟が現れたとき、賊を装《よそお》って暗殺するつもりなのだと推測する者もいる。次男が死ねば、世継ぎをとられる憂《うれ》いもなくなるだろうし、そのためには「この近辺には山賊がいる」という事実を先に作っておかなくてはならない。山賊行為にはそんな意味があるのだ、と。

なんにせよ職業的な山賊ではない。一生そこにいるわけでもない。何食わぬ顔で春沢の女郎屋に顔を出し、金を落としていくときもある。この里に飽きるなり、何か邪《よこしま》な目的を果たすなりすれば、里の近くからいなくなるだろうと、今はみんな耐えている。

「ねえ、テンちゃん。しばらくは出歩かないことにしたほうがいい。お仕事でしょうがないのかもしれないけど、山道なんか行ってほしくない。今度会ったら逃げなさいよ」

だされた西瓜《すいか》をかじりながら、用心しよう、と思った。

帰り道、空になった籠に、絹代は西瓜をつめた。

絹代はいつもやさしかった。いつだったか何故《なぜ》そんなにやさしいのかと問うと、誰かからやさしくされたら、それを十倍にして周囲の人に返さなくてはならない。やさしさは巡っていつか自分に返ってくるものだから。絹代はそんな無邪気なことを本気で信じていた。返って来なかったら、と私が問うと、馬鹿ね、それはそれでいいじゃない、ケチなことをいいなさんな、と眉《まゆ》をひそめてうけ流された。

その翌日、里は騒然となった。

早朝に使いのものが寺に知らせを持って駆け込んできた。

私とリンドウは絹代の家の前の人だかりをかきわけた。

障子は破られ、簞笥《たんす》はひっくり返されていた。絹代の夫が庭で目を見開いて死んでいた。

胸が血で染まっている。

亡骸《なきがら》の口には、あの日、山で落とした私の巾着がねじ込まれていた。

絹代と花梨の姿はなかった。

奴《やつ》らは衣服を変えて里に忍び、私を見つけると後をつけたのだ。絹代の家で暮らしている子供だと思ったのかもしれないし、私の出入りを見届けて、足を踏み入れたら、女たちが気に入って攫《さら》うことに決めたのかもしれない。

潮が引くように、音と光が遠ざかり、私は意識を失った。

6

目覚めると、私は暗い座敷に伏せていた。

寺に戻っていた。

隣室から行灯《あんどん》の明かりが漏れている。リンドウが阿弥陀如来《あみだにょらい》の像に向かって一心不乱に経を唱えていた。

私は虚《うつ》ろだった。間断なく聞こえてくる経が、己の空洞に反響していた。

リンドウは私を許さないかもしれない。私が山賊から女を救わなければ、後をつけられなければ、今回のことは起こらなかったのだ。

私は彼の後ろに立った。

かける言葉はなかった。経が止《や》み、リンドウは私に背を向けたまま、ぼそぼそといった。

「あれが、川に落ちて死んだとき」

あれ、とはだいぶ前に死んだリンドウの妻のことだった。

「絹代は五つぐらいだった。わしは……女郎屋で女を買っておった。あの日、俄《にわか》に雨が強まり、しばらくすれば止むだろうと、時間潰《つぶ》しのつもりだった」

彼の苦痛が私に流れ込んでくる。

「あれは、絹代を家に残して、雨の中を歩いて川に行った。それというのも、隣の家の子供が戻ってこないというので、雨の中、一緒に探しに行ったのだ」

リンドウはそこで言葉を止めた。何かひどい侮蔑《ぶべつ》の対象を嘲《あざけ》るように、女郎屋で女を買っておったのだ、畜生と何も変わらんわ、ともう一度呟き、もう言葉を発さなかった。


私は外に出た。

野山の香が鼻腔《びこう》に入った。歩いていると、牛飼いの男が私に声をかけた。のどかな口調で「おおい、ほらこの春、あんたがくれた喉《のど》の薬は効いたよう」といった。

応答しようと口を開いたが、言葉が出てこなかった。気まずい間があり、私はぺこりと頭を下げると背を向けてその場を去った。

山道に入ると、どんな気配も逃すまいと、五感を研ぎ澄ませて静かに歩いた。山賊と出会った場所まで行くと、その近辺の地形を確認した。

あのときの彼らが軽装であったことや、もっこで女を運ぼうとしていたことから推察するに、彼らの根城は私が遭遇した場所からそれほど遠くはないはずだった。

大人数である程度の期間いるなら、根城の近くに川や泉などの水場があるはずだ。斜面では眠れないだろうから平地。奴らは女郎屋に出没するというから、里からもそれほど遠くはないところだ。そしてあの日、三人組が向かっていた方向。根城の位置を絞る手がかりはいくつもあった。

だいたいの目星をつけた川原を歩いていると、月明かりに人の痕跡《こんせき》が目につくようになった。石についた複数の足跡。泥に貼《は》りついたわら屑《くず》。燃え残った黒い焚《た》き火の跡。真新しい草の踏み跡。車輪の轍《わだち》。流れに仕掛けた魚籠《びく》。どこかで馬の嘶《いなな》きがした。

やがて私は、川から少し入った木立の奥に、屋敷を見つけた。

細長い瓦屋根《かわらやね》の立派な建築だった。十人は楽に住めるだろう。厩《うまや》には馬が四頭繋《つな》がれていた。門も塀もないが砂利を敷いた庭がある。周辺に民家はなく、距離と立地条件からしてここに間違いないと確信した。

もっと野蛮なもの、たとえば洞窟《どうくつ》のようなところも思い浮かべていたが、山賊の隠れ家というより殿様の行楽用の別邸といった趣だった。

やはり彼らは本当の意味での山賊ではないのだ。

建物からは明かりが漏れていた。見張りはいない。あのねじこんだ巾着は、私に苦痛を与えるための嫌がらせで、私が一人でここまでやって来るとは考えていなかったのかもしれない。一部の人間だけかも知れないが、里の商人や役人連中が、堂々と建つこの屋敷のことを知らないはずはない。全《すべ》ては暗黙の了解なのだという気持ちが強まる。

私は屋敷とは距離を置いて、ゆっくりと周囲を巡った。井戸。小さな物置小屋。便所。岩壁の近くで、強烈な臭気を発している暗い穴があった。

ゴミ捨て穴だった。幅は九尺、深さは七尺と少しほどで、牛馬の死骸《しがい》や骨、銅片やわらくずの他に、衣服を纏《まと》った人間も数体見えた。おそらく山道や里から攫ってきた人間だろう。絹代と花梨はいないかと目を凝らしたが、それらしきものは見当たらなかった。

私は自らが調合した〈薬〉を持ってきていた。牛馬を眠らせるために使うものだ。馬にしろ牛にしろ鹿にしろ、大型の獣は一人で組みかかってとり押さえるには相当な力がいるし、危険だが、私の作った薬を飲ませれば少なくとも半日は体が麻痺《まひ》する。

もちろん人間にも効く。

勝手口に回りこみ、人気のないことを確かめて、炊事場に貯《た》めてある飲料水用の桶《おけ》に薬の粉末を入れた。

屋敷の奥から男の怒声、女のわめき声、ものをひっくり返す音がしている。

なんとか彼女たちを救い出さねばならない。

火事を起こすか……。

がたがたと人が近寄ってくる物音がして、私は慌《あわ》てて外に出た。

壁伝いにぐるりとまわったところで、縁側に酒臭い男が現れた。私が顔面に石を投げつけた男だった。一瞬、男の視界に入ってしまったが、左目が大きく腫《は》れていたせいだろう——私に気がつく様子はなかった。男は緩慢な動作で縁側から地面に降りると、小便をした。

後から考えれば、このとき、この男に持参した刃物で傷を与えるなりして、騒ぎを起こしておけば良かったのだ。そうすれば侍崩れの暴漢たちは、男の手当てや、敵の襲撃に対する警戒に気をとられ、女たちには手を出さなかったかもしれない。

後になって、ああすればと考えても遅い。

そのときの私は、見つからなかったことをこれ幸いと考え、木立の闇に隠れた。

日が昇る少し前に、私は小刀を手にして屋敷に踏み込んだ。屋敷の外に一人、中で六人。合計七人いて、全て倒れていた。薬を入れた水を飲んだのだ。

座敷には酒盛りの跡が残っている。

屋敷の奥の間に花梨は閉じ込められていた。信じられないという目で私を見た。頬に殴られた痕《あと》があった。両手と足首にかけられていた縄を切った。

絹代は隣の座敷で、裸で死んでいた。

すぐ側には、件《くだん》の領主の嫡男だろう、大貫様と呼ばれる男――脱ぎ捨ててある着物だけ立派な、なまった体軀《たいく》で卑《いや》しい顔つきの男が、半裸で倒れていた。絹代の首には絞められた痕がくっきりと残っていた。そういう趣味の男だったか、気に障《さわ》ることでもあり激昂《げっこう》したか。

花梨は私を押しのけて、泣きながら絹代に縋《すが》った。私たちは絹代に着物を着せた。

その場で動ける人間は、私を除けば花梨だけだった。

花梨は放心した眼差しで、男の体を蹴《け》った。喉の奥から怒声をあげ、悔しさの涙を流し、寝そべって暗い眼差しを向ける男の腹や顔を蹴り続けた。薬で四肢が麻痺した領主の長男は消え入りそうな声で、田舎百姓が、わしが誰だか知ってただで済むと思うか、とか、もうよいから役人を呼べ、などといっていたが、声を出すたびに花梨の蹴りが顔に飛び、やがてむっつりと血塗《ちまみ》れになった口を閉ざした。

結局、大貫は激昂した花梨に蹴り殺された。

私たちは残っている男たちを縛り上げて庭に放り出した。花梨も、この男たちがどのような身分の人間であるか、手出しをすればどうなるか、よくわかっていたのだろう。激情にかられて大貫を蹴り殺しはしたが、顔面蒼白《そうはく》で、縄をかける手が震えていた。役人を呼べばそれで一件落着、という話ではないのだ。

縄をかけ終わってから、途方に暮れた顔で花梨は私を見た。

「どうしよう」

身振りと手振りで伝えた。

後のことは全部まかせるように。里に戻り、ここにはもう来ないように。起こったことは誰にも話さないように。

「また喋《しゃべ》れなくなったんだね」

花梨は疲れきった顔でいった。

「どうするの？　この人たち殺すの？」

私は頷《うなず》いた。

花梨は何もいわずにしゃがみこむ。

私はもう一度身振りで訴える。

自分にまかせてくれ。誰にもいうな。もう里へ帰れ。

母を失った少女は、とぼとぼと歩き出した。


私は縛り上げた男たちを、厩の傍にあった荷車に一人ずつ乗せて、彼らが掘ったゴミ捨て穴へと運んで捨てた。大貫の死体も含めて七人いるので何度か往復した。昏倒《こんとう》しているものもいれば、目だけぎょろぎょろと動かしているものもいた。掠《かす》れ声で命乞《ご》いをするものもいた。

生かしておけば報復される。むしろ全員が死ねば、ここで何が起こったか、誰が山賊を退治したのかは、花梨が語らなければわからなくなる。絹代を殺された私はひどく残酷な気持ちになっていた。

ゴミ捨て穴でもぞもぞと動く彼らに、屋敷から持ってきた油をかけると、火を放った。

しなければならないことはいくつもあった。

繋がれていた四頭の馬を放してから、七人の焼け焦げた死体を確認し、申し訳程度に土をかけた。

ひとまず屋敷から離れて一息ついた。

改めて見回せば、川原、湿地、草むら、木々の茂みの中の薄暗い腐葉土が、私の決死の一晩とは別の時空にいるかのように穏やかに広がっていた。

光と水で育つ生き物たちの固有の気配。虫。小動物。やろうと思えばどんなことでもできるのだ。言葉を失った代わりのように、心中に懐《なつ》かしい世界が戻ってきていた。

近辺で目に留まった材料を集めて即席の毒を作った。毒を作るのは数年ぶりだったが、たいして時間はかからなかった。

誰にも会わぬよう、道を外れて木々の間を縫うように移動し、春沢の里に戻った。

人気のない役所の裏手に裏木戸から忍び込む。薬売りの使いであちこちに顔を出していたから、たやすいことだった。

昼飯前だった。厨房《ちゅうぼう》にある井戸の羽目板をずらし、毒を入れた。誰に見られることもなく木立に戻った。

私は怒っていた。役人が山賊と繋がっているとすれば、彼らも絹代を殺した罰を受けなければならない。何人死ぬかわからないが、井戸の毒が騒ぎになれば、しばらくは、山賊どころではなくなるだろう。

7

私はオロチバナの庵の前に立った。まだ花は咲いていなかった。空間が捻《ね》じ曲がるようなかつての気配はなく、ただひっそりと静まっていた。

中を覗《のぞ》くと、案の定誰もいなかった。錆《さ》びた鍋《なべ》や、火鉢などの生活用具がある。埃《ほこり》の積もり具合や、屋根の一部がなくなっていること、床に茸《きのこ》が生えている様子から、無人になってからだいぶ日が経《た》っているようだった。

あの日の老婆はきっと死んだのだろう。

私は、布に包んだ絹代の死体を下ろしてから、ほっとして軒下で居眠りをした。

山賊の屋敷から半日かけて荷車に乗せて運んだのだった。

庵を掃除し、屋根を修理する。無人となった山賊の屋敷から、使えそうな生活用具を拝借して庵に運び込んだ。金品を漁《あさ》ったりはしなかった。むしろそうしたものは残しておいたほうがいい。

最初の仕事は、絹代の遺体の保存だった。布を敷き詰めた棺に絹代の遺体を収めると、蓋《ふた》との隙間《すきま》に樹液を塗って完全に密閉した。さらに粘土で塗り固めた。


七日もすると、庵の周囲のオロチバナが一斉に花を咲かせた。


数人の里人が例の屋敷を訪れる。私は木に登って、彼らが屋敷を検分する様子を遠めに眺めた。里人たちはきょろきょろとあたりを見回し、金目のものを運び出して荷台に積み込むとそそくさと立ち去った。

死体を捨てた穴は埋めていたが、そこに近寄るものは誰もいなかった。

もしも花梨が、私が毒を使って山賊を殲滅《せんめつ》したと話していれば、役所の井戸に毒を入れた犯人も、当然私に結びつけられているだろう。花梨が不用意に話すとは思わないが、里人の前に姿を見せるつもりはなかった。

絹代の死から先、私の人生は、オロチバナの研究とクサナギの開発に注がれることになった。

　やはりオロチバナは他のどの植物と比べても、際立《きわだ》って異質なものだった。この花は花弁をとっても、葉をむしっても、翌日には再生するのだ。太陽の下では花全体が透明になることもあった。また闇の中で発光することもある。これを素材にすればもしや、と予感させるものがあった。

　だがクサナギが何かを知らないのだから、クサナギを作ることは至難だ。オロチバナはあるが、他に何を使うのか、どんな調合をするのかわからない。

　それでもやろうと思った。たとえば馬車が何か知らぬものでも、馬と、車輪と、荷台を前にして、いくつかの手がかりと共に、作れといわれたなら――個々の材料の属性をきちんと理解しているものならば――試行錯誤の末に馬車を「発明」することは夢ではあるまい。材はきっとある。あると信じる。

　とりあえずオロチバナの花弁を煎《せん》じたり、球根をすり潰《つぶ》したりして罠《わな》で捕らえた動物に投与してみた。オロチバナを服薬させた動物は、特に何も変化を見せなかった。死ぬわけでも元気になるわけでもない。傷の回復力が高まるわけでもなかった。

　動物は口をきかぬからはっきり何の効果もないとはいいきれないが、オロチバナだけでは目ぼしい効果は見つからなかった。

私は何かに憑《つ》かれたように野山の秘密を集め続け、小瓶に保存し、調合を繰り返していった。理屈ではなかった。リンドウであれば阿弥陀如来の導きだとか、仏の名を出していたかもしれない。

心の全てを野山に委《ゆだ》ねていると、クサナギの形がぼんやりと浮かんだ。輝く白い雲の下、高原を渡る風のごとき心象。

材料が手に入らなくなる冬までが勝負だった。私は朝から晩まで野山を歩いた。里人の気配を感じれば姿を隠した。自らが思い描いた清涼で神々《こうごう》しい気配の主を作るために、いかなる努力も惜しまなかった。

毎晩、絹代を収めた棺に話しかけた。もっとも声は出ないので、頭の中で話しかけるのだ。

今日は寒いよ。夕焼けが奇麗だったよ。今晩は肉だよ。仇はとったから安心して、われはあなたのことが大好きだったんだよ。

絹代からの返答はなかったが、現世と別の次元で、私の心が語りかけた言葉を彼女の魂が聞いてくれているような気がした。

森は次第に秋の装《よそお》いになっていく。樹木が鮮やかな赤や黄に染まる頃、クサナギは完成した。もっともそれは〈私がクサナギと思い込んでいるもの〉でしかないのだが、この先それをクサナギと呼ぶことにする。

オロチバナに加えたものは、ある種の粘菌（古い墓場の近くで採取した金色のもので、オロチバナと同様の気配を放っていた）と、擂《す》り下ろした木の実や、野草などだった。

クサナギは透明な粘り気のある寒天状の代物《しろもの》で、竹筒の中を生きているかのように（生きているのかもしれない）ぬるぬると動き、水あめのように匙《さじ》にとって、日にかざすと、赤や橙《だいだい》、黄や紫の光を仄《ほの》かに発した。天界の気配があった。

死者を生き返らせる蘇生《そせい》の薬か、不老長寿の薬か。用いてみなければわからない。この日の実験用に猿を捕らえていた。足に鎖の輪をつけ、杭《くい》に繋《つな》ぎ、餌《えさ》を与え飼っていた。

朝だった。

私は水差しにクサナギを混ぜた水を入れて猿の前に立った。猿は水差しに視線をやると、びくりと身を竦《すく》め、長く高い叫び声をあげた。馴れていて、いつもなら餌も水も拒否しない。猿もまた水に含まれた霊薬の放つ気配に気がついているようだった。

猿はそっぽを向いて震えはじめた。仕方なく、私は猿をおさえ、こじあけた口に無理やりクサナギを流し込んだ。

猿は数十秒でぐったりと倒れた。急速に猿の体から生気が抜けていくのがよくわかった。ほどなくして死んだ。

そんなはずはないのだ。私はうろたえながら、罠で捕らえ、猿と同じように飼っていた狸《たぬき》に刃物で小さな切り傷を作り、そこに少量のクサナギを塗布してみた。塗れば傷を癒《いや》す力があるのではないかと予測したのだ。

結果はすぐに現れた。狸は恨みがましい目で私を睨《にら》み、すぐにその目から光が消えた。

動物たちの死骸《しがい》はしばらくすると体内から湧《わ》き出てきた真っ黒な黴《かび》のようなもので覆《おお》われた。

これがクサナギなのか？　私がクサナギとしたものは、汚らしい死骸を作るだけのつまらぬものなのか。

脳内に降って湧いた天啓に従ったものだ。

野山が声なき声で語りかけてくれた俗人のあずかり知れぬ神秘を合成したはずだ。失敗したのだ。裏切りではないかと思った。

私は動物たちの死骸をそのままに、意気消沈して庵に戻るとうずくまって頭を抱えた。

もとよりクサナギなどというものは、ただの言葉だけのものか、古人の空想の産物で、現実には存在しないのかもしれない。山のように大きな徒労感があった。

そのまま眠り込んだ。

何時間眠っただろう。がさがさという音を夢現《ゆめうつつ》にきいた。私は急速に現実に戻り、身を縮めて耳を澄ませた。

庵の近くに何かがいる。人か、獣か。しばらくして外に出ると気配の主は去っていた。

死んだはずの動物たちの死骸が消えていた。

鼬《いたち》か何かが持っていったのだと思った。結局何も残りやしない、と思うと、絶望で涙がでた。

翌日の早朝、私はこっそりと里におりた。

どうしたらいいのか、全くわからなくなってしまったのだ。絹代の家を見にいくと、既に取り壊されていた。林を抜けて、人の生活の匂《にお》いがそこかしこに漂う小道を歩いているといると、ひどく心細くなった。

寺を覗いてみようと足を向けると、道の前方に桶を持った少女が現れた。花梨だった。

花梨は私に気がつくと、両目を見開き、桶を落とした。動転した私は背を向けて走った。花梨は、待って、と追いかけてきた。

私は走り、距離を置いて後ろを振り向き、花梨が追ってくるのを待ち、また走り、距離を置いて後ろを見る、という犬のような動きを繰り返した。やがて川原まで来た。

「逃げないで、逃げないで、話を聞いて」

花梨は息を切らし、懇願するようにいった。

私が立ち止まると、花梨は荒い息をつきながらまじまじと私を見た。

「生きていた。テン、生きていたんだ。良かった。一体どこに」

花梨の目から涙が零《こぼ》れ落ちた。私は彼女が話し出すのを待った。

花梨は周囲を見回し、誰もいないことを確認するといった。

「私、おじいちゃんの寺で暮らしているの。テンは戻ってこないの？」

私は頷《うなず》いた。

「……大丈夫よ。私、おじいちゃんにしか本当のこと話していないから。山道でうまく逃げて一晩迷ったことになっているから。それにね、役所の連中があの日、いきなり何人も死んで。お寺は大忙しだった。祟《たた》りだとかいう人もいて。もう、なんというか、里じゅうがめちゃくちゃになっているの。山賊のことなんかうやむやになっているし」

だから、隠れていないで戻ってきても大丈夫だよ。もうすぐ冬になるじゃない。おじいちゃんも心配しているよ。いったいどこに行ったんだろうって。

「ああ、でも今日会えてよかった。あの日はありがとう」

私はどうしてだか花梨は私を憎んでいるのではないかと思い込んでいた。私は今にも彼女が『私のお母さんの亡骸《なきがら》を返して』といいだすのではないかとびくびくしていたが、後になって思い返せば、この日の花梨の顔には私を咎《とが》める感情は何も浮かんでいなかった。〈絹代〉を持っていることを知らなかったのかもしれない。

晩秋の冷気の中、花梨は健気《けなげ》に己の未来を抱え凛然《りんぜん》と立っていた。

「あのね、私たちは、もうこの里を離れるの」

私はぽかんと口を開いた。

花梨がいうには、リンドウと共に、何十里か先の城下町に引っ越すのだという。春沢に住む従兄弟《いとこ》たちも一緒に行くというから、ほとんど一族揃《そろ》って離れるのだ。

「雪が降る前にね。ここは、私たちにはもう駄目……いろいろ辛くて。これから行くのは、もっと賑《にぎ》やかなところだって。それでね。あのお寺は別の人が来ることになるから。テンは」

花梨はそこで言葉を止めた。

テン。あなたは……これからどうするの？　今何をしているの？　今まで何をしてきたの？

おそらく花梨は私が何かいうのを待っていただろう。だが、言葉を失っていた私は何も返答できなかった。

あの日のまま喋《しゃべ》れないのか、と花梨の表情が曇った。

ふいに彼女は自分の口を示すと、からっとした声でいった。

「あーって、いってごらん。あーって」

瞬間、私の中に光がさした——私たちはほんの少し微笑《ほほえ》みさえした——が、すぐに光は弱くなり、消えた。

私は黙って首を横に振ると、ひょいひょいと岩伝いに川を渡って、枯れ木の森に駆け込んだ。彼女はもう追ってはこなかった。

複雑な気持ちだった。彼らが里を立ち去ってしまうことは予想していなかった。彼らは未来へと向かい、私は過去の闇の沼にいつまでもはまっている。そんな気がした。

――あなたはどうするの？

私はどこにも行かない。仮に彼らが一緒に行くことを許したとしても、絹代をここに残して行けるはずはない。それに今更、見知らぬところ――人間がもっとたくさんいるところ――になど行きたくもない。

ともかく――花梨とリンドウが春沢を離れる。それは、『絹代を私の元に置き続けても後ろめたい思いをしないで済む』ことになるのではないか？

花梨は、あの日のことを語らなかった。絹代の遺体のことも口にしなかった。花梨にとって、それらはもう思い出したくもなく、とうに心中から打ち捨てた事柄なのかもしれない。そうだとすれば――本当は違うことはわかっていたが――なんだか正式に絹代を譲り受けたような気持ちになった。

罠を見ると兎がかかっていた。

私はもう一度クサナギを兎に試してみた。

今度は死んでからもじっと観察した。獣に奪われぬように、庵の軒下に持ち込み、柵《さく》の中に入れた。

死んだ兎の体内から、例によって黒い黴が湧き出て全体が黒くなった。さらに時が経《た》つと、表面がぱりぱりに固まってしまった。

心臓も細胞も活動を停止して、生気の気配などまるっきりないのに、黒い兎の中には、闇の淵《ふち》で混沌《こんとん》が渦巻いているような気配があった。

夜まで兎の黒い死体を眺め、やがて眠くなったので、身を横にした。

夜半すぎ、バチンという平手で板を叩《たた》いたような音で眼を覚ました。室内の隅にある兎の死体に目をやった。

真っ黒な塊がぱちぱちと輝いていた。

死肉から発する青白い火花が時折庵の中を照らす。

いったん火花が収まると、キュルキュルとカミキリムシの鳴き声のようなものが黒い塊から聴こえ始めた。闇の中で塊の一部（頭部だった）が、ぼろりと分離した。何かが蠢《うごめ》いている。

首のあたりから蛇が這《は》い出てきた。

身をくねらせながら柵の隙間《すきま》をするりと通り抜けると、外の叢《くさむら》に消えた。

あたりが明るくなってよく見ると、柵の中に兎の形を残すものは骨も何もなく、真っ黒い煤《すす》があるだけだった。

暗く静かな冬だった。炉辺に座り、塗り固めた棺をじっと眺めた。絹代がそこにいて、もう自分だけのものなのだと思うと、寂しさが少し薄れた。

山賊の屋敷から持ち出した米や、採取した木の実や干し肉などがあった。一人で冬を越すには十分だった。

外では雪が静かに降り積もっていく。樹木は幹も枝も真っ白になった。

兎の一件以来、何匹かの動物にクサナギを試した。ようやく私は、自分がどれほど珍妙な霊薬を作ってしまったのかを理解した。クサナギは、生物に死を与えるものではなく、また蘇生させるものでもない。生死を越え、転生、もしくは転成の奇跡を呼ぶものだった。

兎はクサナギによって息絶えた瞬間から、皮の下で次の生命へ変化する準備をはじめたのだ。大きな回虫を見間違えたとか、蛇がもともと兎の体内に巣くっていたということではない。

別の兎を捕まえて同じようにクサナギを試すと、今度は変化までに三日かかった上に、蛇ではなく鼠が現れた。ガマ蛙に試すと黒い繭《まゆ》に包まれ、半日でサンショウウオになった。餌を探しに雪の中を歩いていた狸に試すと十二日後の正午に鳩になった。

何が何になるのか、変化までにどのぐらいの時間を要するのかは、まちまちだった。生物の種類や状態、気温や湿度、大気の様相から季節や月の満ち欠けまで、無数の要因が絡《から》んでいるにちがいなかった。

私は絹代の棺を開いた。できる限りの保管をしたとはいえ、やはりそれなりの腐敗が進行していたが、冬の冷気の下では、あまり臭《にお》いもなかった。

私は絹代に完成したものを見てもらいたかった。死骸に効果が現れる自信はなく、ただの気休めのようなものだった。私は絹代の口にクサナギを流し、皮膚にもクサナギをふりかけると、再び棺の蓋を封印した。


絹代の棺は長い間、ひっそりと静まっていた。

雪が溶け、寒さの中に、暖かい日が混じりはじめた頃、唐突に棺から混沌の気配が漂いはじめた。満月の夜になると、バチン、と棺が稲光を発することもあった。

極めて緩慢にだが、蓋の下で何かが起こり始めている。私の胸は躍った。日々私は棺に耳を澄ませ祈った。新しい生命が現れたとき窒息しないように、棺の蓋には息抜

き の穴も開けた。
懐《なつ》かしい絹代が、私に優しい言葉を囁《ささや》きかけ、抱きしめてくれる夢を何度も見た。

大気に春の芳香が満ち満ちた夜、棺から発せられていた混沌の気配が去った。代わりにがさごそと板を擦る音がする。

私は慌《あわ》てて、棺の蓋を開いた。棺の中は黒い煤で一杯だった。

梟《ふくろう》だった。

棺の中で一杯の煤をかぶったせいか、真っ黒だった。

梟は身震いすると、黄色い目で私を見つめた。

かわいらしくまっすぐで愛《いと》おしい生き物だ。

それに加えて、強さを感じる。夜闇の静寂を切り裂き、小動物を捕らえる狩人《かりゅうど》。自立した野性の強さだ。

私の胸はただもう一杯になった。

どのぐらいの間があったものか、ふいに鳥は丸めていた体を伸ばして立った。

あっと思った瞬間、煤を巻き上げて棺から飛び出し、呆然《ぼうぜん》としている私の脇《わき》を、トン、トン、とすり抜けて、庵の外に飛び出た。

私は慌てて後を追った。

梟はさっと翼を広げ、強く羽ばたき、濃紺色の夜空の黒い影となった。

そして、二度と戻ってくることはなかった。


数日間、私は何をする気も起こらずぼんやりとしていた。どうすればよかったというのだろう。逃げぬように庵の戸を閉めておけばよかったのか。だが、それならその後どうする？　羽を切って、大きな鳥かごにでも入れて飼うか。梟が単に鳥であるならそれでいいのかもしれないが、梟を絹代と考えるならそんなことはできない。そんなことをすれば、私は完全に狂気の沼に沈み、二度と上がって来ることができないだろう。

あれで良いのだ。

これで終わったのだ。

そう思うと、巨大な荷を降ろしたような解放感が私を満たし、四肢から力が抜けていった。

庵から川に出て、支流を遡《さかのぼ》ったところにある温泉につかり、春の空を見上げた。鳶《とんび》が鳴いている。

私はその昔、なぜ叔父を殺したのかを思い出した。あの美しい山奥にて、叔父は私にいったのだ。

——おまえは熊から産まれたのだ、と。

自分の両親について訊《たず》ねたときだった。私がずっと自分の両親だと思っていた男と女は、実は叔父の旧知の友人で、私とはなんの縁もない人間なのだと彼はいった。

ひどい侮辱だと思った。

叔父が真顔で、重大な打ち明け話をするようにいったことも気に食わなかった。この先、その戯言《ざれごと》を実証しようと、何かを話し始めそうな気がして厭《いや》だった。私は未熟で愚かだった。叔父は何から生まれたのだろう？　聞いておけば良かった。

温泉からの帰り道に、鴨《かも》や兎を天秤棒《てんびんぼう》にぶら下げた猟師とすれ違った。猟師は冷えた目で私を一瞥《いちべつ》すると去っていった。

8

春の村祭りの会場は、集落の東にある神社だった。提灯《ちょうちん》があちこちにぶら下がり、太鼓の音が響いていた。都のように大きな祭りではない。境内に茣蓙《ござ》がしかれ、数十人の村人が座って、互いに縁のある者たちや、顔なじみの者としゃべっている。

神楽《かぐら》が始まった。

鳥や兎の肉が調理されて台の上に並び、酒の入った樽《たる》が鳥居の近くに置かれていた。暗がりの賑わいに混ざり、素早くクサナギを酒樽にいれた。

賑わいから外れると、村の大井戸に向かった。

井戸の脇の桜はもう散っていた。

竹筒いっぱいのクサナギを井戸に放ると、私は吊《つ》り橋を渡って街道沿いの繁華な通り——酒場や茶店や旅籠《はたご》や女郎屋がある通りへと向かった。

クサナギ以外にも薬はまだまだたくさんある。里の薬売りが目を丸くするような代物《しろもの》だ。

一昼夜昏睡《こんすい》する薬、足腰が立たなくなる薬、幻覚を見る薬。

夜明け前に薬を使いきり、私は春沢を旅立った。行先のあてがあったわけではない。高台に登ったとき、春沢の街道方向で煙が上がっているのを見た。

私は山をいくつか沢伝いに越えた。

別の里にたどりつき、山菜や薬を売ったりして生計をたてた。

あちこちで春沢の噂《うわさ》をきいた。街道の女郎屋から火事が出て、消し止める間もなく燃え広がって大火事になり、一帯が焼失したこと。同じ夜に川を隔ててすぐの春沢の里が〈妖怪《ようかい》の群れ〉に襲撃されたこと。

山菜を売りに入った酒場の軒先で、数人の男たちがこんな会話をしていた。

——どういうこって。オラ、あそこで女買ったことあんぞ。

——なんでも、里人に化けていた怪《あやかし》がいっせいに正体を現したんだと。春沢の火事もその化け物たちのせいでないかって。おまえが買った女も、正体はなんであったかわがんねど。

あるものは笑い、あるものは身を竦《すく》める。

——春沢なあ。あのあたりは怪しいよ。昔から、山に鬼婆《おにばば》が棲《す》んでおるとか、山賊がでるとかきくよな、そういう場所よ。

——そうそう。オイラもどっかでちらっと聞いたが天狗《てんぐ》の子供もいたというでねえか。

私は顔色を変えることなく、代金をもらうとその場を去った。私は放火をしていない。だがあちこちに忍んで、ありとあらゆる薬をまいたから、どこかで火の不始末が起こったとしても、また、火を消し止めるものたちが昏倒していたとしても不思議はない。

何も知らぬものたちの噂話には自然に尾鰭《おひれ》や、因果の筋がつき、事件に行方不明の領主の息子が関わっているとまことしやかに話す者もいた。


一年後、夏の盛りに春沢に戻った。噂の通り、すっかり廃《すた》れていた。街道沿いの繁華な通りは消え去り、集落は田も畑も荒れ放題で、植物に侵食された陰気な廃屋がやたらに目についた。あの日多くのものが消え、残ったものも稼ぎを失い流れていったのだろう。数年もすればそのまま森へと呑《の》まれていきそうに見えた。

そうなれば、
もうここは春沢ではなくなる。

美しい山奥によく似た場所。罠《わな》をしかけるものもおらず、鳥獣が豊かに暮らせる。梟の餌《えさ》も豊富にあるだろう。

一匹の狸が雑草のはびこる廃屋の軒下から飛び出し、首を傾《かし》げて私を見ると、また叢に消えた。あれは、元は誰か村人の一人なのかも知れない。

私は切り株に腰掛けた。

静かだ。

とても静かになった。

9

旅人は茂みをかきわけてその土地に入った。

崩れた家屋、苔《こけ》むした井戸、道の痕跡《こんせき》。無人の水車小屋。

野薔薇《のばら》のアーチをくぐると、降り注ぐ陽光の下、蝶《ちょう》が舞っている。あちこちに花が咲き乱れていた。

妙に人懐っこい仔狐《こぎつね》が、旅人の股座《またぐら》を潜《くぐ》り、案内するかのように先を歩いた。楽園のようだったという。

旅人は、楡《にれ》の木にもたれて小熊と昼寝をしている男を見つけると、ここはなんというところですか、と声をかけた。

顔を上げた男は、美しい山奥、と答えたという。それから先、その土地は美奥《びおく》と呼ばれるようになった。

天《てん》化《げ》の宿

1

古寺のような廃屋の裏に、大きな杉の木が立っていました。

幹の周りが数メートルもある巨木です。

夏のことで、美奥《びおく》はどこもかしこも蟬時雨《せみしぐれ》に包まれていました。

私はしばらく一人で杉の木を見上げていました。それから何気なく後ろにまわると、雑草の中で躓《つまず》きました。

平行に並んだ赤錆《あかさ》びた黒い鉄。

線路でした。

幅や太さからすると普通の電車よりもずっとサイズの小さな車両用でした。もちろん美奥駅に繫《つな》がる線路と別のものでしょう。どうしてこんなところに線路があるの、と私は首を捻《ひね》りました。

線路はひっそりとした佇《たたず》まいで、薄暗い木々の中へと続き、緩いカーブを描いて視界から消えていました。

両親がまたもや激しい戦いを始めたので、家を飛び出してきた私に、その日の予定はありませんでした。

一本道ですから、迷う心配もなさそうです。

曰《いわ》く言いがたい秘密の気配のようなものに誘われ、いつのまにか線路沿いに歩きはじめていました。

2

よく、同級生の女の子から「望月さんの家はお城みたい」といわれました。別に少しもお城みたいではないのですが、高台に建つ白い洋館は、美奥のような田舎町では珍しかったのです。

小学校の低学年のとき「お友達のいいところ」という作文を書く時間がありました。同級生の長所をそれぞれが書きあうのですが、私について書いた同級生たちはみな判で押したように、「お城のような家に住んでいるらしくて、すごいです」となりました。周囲の子供たちが私に抱いている印象といえばそれだけだったのでしょう。〈お城みたいな家〉というその言葉には、なんとなく集団から疎外《そがい》されかねない要素が混じっているように感じ、私は〈お城みたいな家〉が少し恥ずかしくもありました。

だから滅多に友達を家に招きませんでした。

家の玄関までたどりつくのに、傾斜のきつい坂を登った上に、最後には石段をあがっていかなくてはならないので、外出が疲れる家でした。

父は建築士で事務所を経営していましたが、あまり忙しそうではありませんでした。父の作った建築物の写真が額に入って居間の壁に飾られていましたから、建築家としての評価があったのかもしれません。受け継がれてきた不動産も少し持っていて、そこからの地代もあったようです。

外の世界では父を尊敬している人間もいたのかもしれませんが、家庭での父は嫌な男でした。しょっちゅう母の家系や、目に付いた市井《しせい》の人たちを嘲笑《ちょうしょう》する台詞《せりふ》を吐いていました。

「貧しくてつまらない」と「豊かでおもしろい」が父のお気に入りのキーワードでした。自分は豊かでおもしろい。自分以外の人間は貧しくてつまらない。もしくは自分ほど豊かでも、おもしろくもない。

家の修理に来た人や、セールスや、役所の人などが父の目の前からいなくなると、それまで引っ込んでいた嘲《あざけ》りの笑みが、一気に顔中に広がって——あんな仕事は大変だねえ。貧しくてつまらないよねえ——などと得意になって母にいうのでした。

将来の夢という作文に私が「学校の先生になりたい」と書いたときも、それを聞いた父は呆《あき》れ顔をして、「先生なんか、たいへんだし、貧しくてつまらないよ」といったのでした。

幸福かどうかや、健全かどうかは父にとってあまり意味のあることではないらしく、豊かでおもしろければ結局はそれでいいのだ、と考えているようでした。

私はある年齢までは父を尊敬し、ある年齢からは虫唾《むしず》が走るほど嫌いになりました。

3

線路はくねくねと曲がりながら森を縫っていきます。

私は探検家の気分でどんどん進んでいきました。途中で岩壁に掘られたトンネルを通りました。そこから先は奇妙に静まり、線路脇《わき》の緑もいっそう濃くなりました。

水音が聴こえました。

滝か何かがあるのかもしれない。私は思い、少し気分が浮き立ちました。

水音は歩いていると近くなり、また遠くなります。

突き出た枝葉が天蓋《てんがい》を作っている先に、着物姿の男の子が二人立っていました。私よりもいくつか年下の——小学校の中学年ぐらいの子です。

両方とも丸刈りで、双子なのでしょう——よく似た顔立ちをしていました。

二人は遊んでいるようでしたが、私に気がつくと、はっとして動きを止めました。

一人は小枝を片手に持ち、もう一人は蜥蜴《とかげ》を摑《つか》んでいました。

私たちは数メートルの距離を挟んで数秒間身動きしませんでした。

一人が、はにかみながら、私に向かって、蜥蜴を持ち上げてみせました。

これってどう？

そんな表情です。私はおもむろに頷《うなず》くと、どれどれ、と近寄りました。

緑にオレンジの斑紋《はんもん》のある蜥蜴でした。つぶらな黒い瞳《ひとみ》に愛嬌《あいきょう》があります。

男の子は、蜥蜴をそっと私の手の上に置きます。私が蜥蜴をレールに置くと、蜥蜴は、俺、助かったのかな？　という風に左右を見回し、素早く逃げ去りました。

一人は蜥蜴が逃げ去ったほうに向かいかけましたが、もう一人が、「蜥蜴なんざ、どうでもいいら」と引きとめました。

「お姉ちゃん、どっから来たの」

私は自分が来た方向を指して、町のほう、と答えました。美奥と答えても良かったのですが、ここだって美奥だと思ったのです。

「町かあ。ねえ、じゃあ、尾根崎のショウちゃん知ってる？」

私は、知っているわけないでしょう、と思いながら首を横に振りました。

「きみたちは……」

「タッペイ」片方がいいました。「コウヘイ」もう片方がいいます。

「双子？」

「だよ」

「お姉ちゃんはクトキ旅の人？」

クトキ旅？　私は首を傾《かし》げました。

コウヘイが鼻水を拭《ふ》いた後、その手で私の手を引きました。

「カブト虫見たい？」

「いるの？」

二人は顔を見合わせると、へらっと笑いました。見せたいのでしょう。私も少し見たくなりました。

「でも、家に連れて行ったら駄目なんだよ」

「クトキならいいんだよ」

私は双子たちと一緒にさらに先へと歩きました。途中で、線路から外れて獣道に入りました。誰かが教えなければ、それが道だと決してわからないような地味な入り口です。

しばらく歩いて腐りかけた木の門を潜《くぐ》ると、木立の中に清冽《せいれつ》な水を湛《たた》えた泉と民家が現れました。

民家は二階建てで、どこにも看板はないのですが、どこか古い民宿を思わせます。つまり部屋数の多そうな少々複雑な造りの木造家屋でした。

庭には数羽のチャボがいる鳥小屋がありました。鳥小屋の後ろには壊れた柱時計やら、錆びたエンジンやら、梟《ふくろう》の置物などが転がっています。

「ここがクトキの館だ」

「俺なんかの家」

洗濯紐《ひも》に干したシーツの裏から、双子の母親らしき割烹着《かっぽうぎ》姿のおばさんがでてきました。

「あら、コウヘイ、その娘は？」

おばさんが一瞬目を細めたときの眼光に竦《すく》みました。――家に連れて行ったら駄目なんだよ、双子の一人がぽろりとこぼした言葉を思い出しました。

「クトキだよ」

言い訳するようにタッペイがいいました。

おばさんは双子から私に目を戻すと、私の肩に手をやり、そこではっとした表情を見せました。

「あなたは……」

おばさんは笑みを浮かべました。

「おやつを食べていきなさい」

縁側で草もちを食べました。何故《なぜ》だか、おばさんは私にとてもやさしく、居心地の良い時間が流れました。

双子の一人が、ケースに入ったカブト虫を持ってきました。しばらく眺めた後、私たちは座敷でダイヤモンドゲームを始めました。

夕刻前に俄《にわか》に雨の気配が強まり、ざあっと屋根や樹木を雨粒が叩《たた》く音が聞こえ始めました。洗濯物を取り入れているのか、慌《あわただ》しくどたどたと廊下を歩く音がします。ダイヤモンドゲームが終わると、花札で遊びました。窓は開け放していて、雨に濡《ぬ》れる草木の匂《にお》いが部屋に入ってきました。

柱時計が鐘を打つと、「タッペイ」と双子の一人がおばさんに呼ばれました。タッペイはすぐに戻ってくると「おかあが、嵐になるから泊まっていけって」と私にいいました。

「え、でも」

もう帰りなさい、といわれるかと思っていたので意外でした。縁側から外を見ると、暗闇《くらやみ》の中、強い雨が降り続いています。ぱっと空が光り、雷鳴が轟《とどろ》きました。

泊まることは魅力的でしたが、今日会ったばかりの子供の家です。迷っていると、襖《ふすま》が開かれ、件《くだん》の母親が顔を出しました。

「悪いことといわないから、泊まっていきなさい。嵐だってよ、町まで遠いし。それに、あなたには話したいことがあるの」

夕食は海老《えび》フライと味噌汁《みそしる》とご飯でした。大人たちは、別のところで食事をとっているようで、座敷に卓袱台《ちゃぶだい》を出して私たち三人だけの夕食でした。

「親分帰ってきたかな」

コウヘイが、ぼんやりいいました。

「誰よ、親分って」

「俺らの、親分」タッペイが答えます。おそらく父親のことだろうと私は推測しました。

「むきゃあ」

「むきゃあじゃないでしょ」

何もかも曖昧《あいまい》でした。

それにも拘《かか》わらず、私は親戚《しんせき》の家に遊びにきたかのように寛《くつろ》いでいました。

「まあ、ゆうかちゃんはクトキだから」

「俺らにはわかるの。クトキかそうじゃないかって。親分がくればわかるよ。親分やさしいから大丈夫」

やがて割烹着を脱いだ着物姿のおばさんが「ちょっと」と私を呼びにきました。タッペイと、コウヘイも立ち上がりましたが、「あんたたちはここにいなさい」と制されました。

私はおばさんに連れられて廊下を歩きました。

ずいぶん広い家でした。

暗い部屋があちこちにあり、お香の匂いが薄らと漂っていました。奥まったところにある秘密めいた細い階段や、壁にかかった般若《はんにゃ》の面、年季の入った黒ずんだ柱などに、背筋がぞくぞくしました。

廊下の奥の急な階段を上り、私は八畳ほどの座敷に案内されました。雰囲気に呑《の》まれてかしこまりながら、どこか所在ない気持ちで、出された座布団《ざぶとん》に座りました。

「あなたは、丘の上の、望月さんところの娘さんね」

おばさんは最初に確認しました。

私はぎょっとしながら頷きました。苗字《みょうじ》は名乗っていないのです。

「おばさんね、情報通だから。たいがいのことはわかるんだよ。それで、あなたはクトキに来たと」

そもそもクトキが何か知りません。漠然と鍼《はり》治療のようなものを想像していました。クトキに来たわけではないですと答えた瞬間、ではなぜここにいるのかとおばさんの態度が豹変《ひょうへん》し、夜の雨の中に叩き出されるのではないかと思い、即答できずに身を縮めました。

「大丈夫だから、そんなに硬くならないで」

おばさんはやさしくいいました。

「私、あの、クトキってなんですか」

「ああ、そうね」おばさんは頷きました。「説明が難しいんだけどね。クトキはいろいろあるから。そりゃあこんな娘さんが一人でクトキに来ることは滅多にないさ。でもね、最初に見たときからわかっていたけど、あなたには確かに随分とクがあるよ」

「ク？」

「苦しみのク。自分ではわからないかもしれないけれど」

おばさんは説明します。

あのね、苦しみを解くと書いて苦解きというの。ね。人間はね、生きているときっと苦しくなる。苦しみが太陽を隠す雲のようなものなら、苦解きはいらないよ。いずれ晴れるのだからね。苦しみが道を塞《ふさ》ぐ倒木のようなものなら苦解きはいらないよ。乗り越えていくか、道を変えるかすればいいのだからね。

でも、苦しみが、心に根をはるようなものなら、苦解きが必要だ。

そうしないと、苦しみはいつまでも取り払われず、場合によっては、心を駄目にする。

私たちには、根をはった苦しみを解く力があるんだよ。

「苦解きって何をするのですか？」

「人それぞれね。親分と一緒に美奥菩薩《ぼさつ》をお参りに行くときもあるし、まああなたは、苦解き盤で〈天化《てんげ》〉かね。四、五日はかかるよ」

テンゲとは何か訊《き》きませんでした。よくわからぬ儀式の名称なのでしょう。それよりも四、五日かかる、は問題です。

「あの」私はおそるおそるいいました。「苦解きは、私、いいですから」

「うん。無理強いはしないから。本当はね、苦解きなんかしないで済むならしない方がいいんだよ。ただ、長い人生の問題だからね。やっておいたほうがいいときもある」

「お金もないし」

「お金？」おばさんは顔をしかめました。「あんたみたいな子供からとったりしないよ。いやあねえ。そもそも苦解きは商売じゃないよ」

階下から、「おおい、まだいるかあ」と男の野太い声がしました。ドタドタと階段を上がってきます。

襖が開かれ、太鼓腹にもじゃもじゃとした天然パーマのおじさんが顔を出しました。

「ああ、ここにいたか。丘の上の望月さんの娘だって」

どうも、と頭を下げると、おじさんは頷きます。

「子供たちが連れてきたって？」

「今、苦解きを勧めていたのよ」おばさんが男にいいます。「だって、すごい苦があるのですもん。〈天化〉なら」

「そうだな」おじさんは目を細めて私を見ました。「やるのか？」

私は苦笑いを浮かべ、曖昧に首を振りました。

「うん、じゃあ、まあ、それは一晩考えて、今日はもう寝なさい」


その晩は、二階の部屋で眠ることになりました。タッペイ、コウヘイの双子コンビも一緒です。五右衛門風呂《ごえもんぶろ》につかった後、浴衣《ゆかた》を借りました。

双子は、私の宿泊が確定したと知ると、飛び跳ねて喜びました。

「なんていってた。苦解き」布団から頭を出してコウヘイがききました。「ゆうかは、何をするんだって」

「なんかね。苦解き盤でテンゲとかいってたけど。よくわかんないけど、たぶんやらないと思う」

「苦解き盤で〈天化〉かあ。俺、やったことあるぜ」タッペイが感慨深くいいました。

「俺なんかの犬が死んだとき」

「どうだった？」

「楽になったよ」

「痛かったりする？」

じぇーんじぇん、とタッペイは笑いました。

「親分なら優しいから大丈夫だよ」

二人はすぐにもつれあって、幸せそうにすうすうと寝息をたてました。

私はおばさんの言葉を思い出しながら、自分の苦しみについて考えました。おばさんの話す〈苦〉と同じものかわかりませんが、私は時々、ひどく胸騒ぎがして、ものすごく心細くなります。何をするにも虚《むな》しさを感じ、いろいろなことを憎みます。そんなときは体にうまく力が入らず、心臓が痛くなります。

夜半、階段を下りてトイレに行ってから、部屋に戻る途中のことです。

雨はもう止《や》んでいて、ガラス窓から差し込む月明かりが、庭に面した廊下を照らしていました。

ここはどこなのだろう。なんだか、自分の町から遥《はる》かに離れたところのようだ。そんな思いに捉《とら》われてぼんやりしていると、静けさの中にくぐもったざわめきが起こりました。

壁や襖を通して伝わってくるそれは、お経のようでも、話し声のようでもありました。

ぼろぼろ、もごもご、ぼろぼろ、もごもご。

外で梟の鳴き声がすると、それが合図であったかのようにざわめきはぴたりと止みました。

後は水を打ったように静まっています。

なんだか夢に迷い込んでいるような気持ちでした。些細《ささい》なことで家がぱっと消えて野原に放り出されてしまうのではないか。一瞬そんな想像をして身震いし、足早に部屋に戻りました。

4

小学六年生の一時期、私は毎週金曜日にバイオリンのレッスンに通っていました。音大出の女の人が自宅で教室を開いていたのです。ピアノの据えられた十五畳ほどの広さの応接間を防音加工して練習室として使っていました。

一回のレッスンは四十五分で基本的には個人レッスンだったのですが、前の回の男の子が遅れてやってくることが多く、よく私と一緒に練習をしました。二人とも一向に上達しませんでした。

男の子は、私より二つ年上で他所《よそ》の中学校に通う上品で綺麗《きれい》な顔立ちの子でした。柳原黎磁《れいじ》という名前で、先生からレイ君と呼ばれていました。垢抜《あかぬ》けた雰囲気の子で、スケートボードでふらりと現れる様が魅力的でした。

レイ君とは短い会話を何度かかわしました。

「バイオリン好き？」と二人のときにレイ君が訊き、私がううんと首を捻ると、「俺もいまいち好きじゃない」と笑いました。

嫌いなだけあって、レイ君はすぐにその教室を辞めました。彼はもう来ないのだと先生から聞いたときは、随分落胆しました。私は彼のことを「運命の人」だと思っていたのです。世界のどこかに「運命の人」がいて、その人は私を救い出し、全《すべ》てを変えてくれる。それが彼なのだ、と考えていました。レイ君が身近にいれば、そこまで思わなかったかもしれませんが、彼が年上で、自分とは別の領域（つまり学校が違うということです）から現れた存在であるところに、妄想の余地がたっぷりありました。

私もほどなくしてバイオリン教室を辞めました。

それから一年後、私はレイ君と思わぬ再会をしました。

十二月のことです。本屋で雑誌を買ってから家に帰る途中で、後ろから声をかけられたのです。

「ねえ、ちょっと待って」

振り返ると、レイ君がいました。夢かと思い、動悸《どうき》が激しくなりました。私はバイオリン教室が終わってからも、「神様、またレイ君に会わせて下さい」と毎晩祈っていたのですから。

レイ君はジーンズに、黒い皮のコートを着ていました。一年でずいぶん背も高くなっています。彼の後ろには、白にピンクの筋が入ったジャケットの女の子が立っていました。

　二人は、私と同じ雑誌を買おうと思って、本屋に行ったけれど、最後の一冊を一足違いで私が買ってしまったこと、自分たちが見たいのはその雑誌の中の二つの箇所(来日した外国人スポーツ選手のインタビューと、友人の投稿が載っている読者欄)だけなので、できればそこだけ見せてほしい、と話しました。

　レイ君には、私が一年前にバイオリン教室で一緒だった女の子だとおぼえている様子はありませんでした。

　私たちは公民館に寄りました。私が真ん中で雑誌を開き、二人が両脇《りょうわき》から覗《のぞ》き込みました。

　自分の頬がほてっているのがわかりました。レイ君は雑誌の記事にそれほど興味はないようで、一緒にいた女の子が読みたがったために声をかけたように思えました。友人の投稿は確かに掲載されていて、二人は少しはしゃぎました。

「ん、もういい。ありがとう」満足そうに女の子がいい、雑誌をぱたりと閉じました。

　この子はレイ君の妹か、あるいは親戚《しんせき》でしょうか。私を取り巻く当時の文化には、異性に対して好きや嫌いはあっても、「つきあう」という行動はまだ根付いていませんでした。男の子は男の子同士でわいわい遊ぶのが普通だったのです。

「ねえ、ホットドッグ食べに行こうよ」

女の子が提案しました。レイ君は、ああ、そうしようかと、特に気のない調子で女の子に返答すると、私に顔を向けました。

「雑誌を読ませてくれた御礼に、奢《おご》るよ、一緒に行こう」

「あ、そうだね、そうだ、そうだ。一緒に行こう、行こう」

女の子はほんの少し不自然にはしゃいだ調子でいいました。


駅前の屋台でホットドッグを食べていると、粉雪が降ってきました。三人でとるにたりないことを話しました。私はバイオリン教室でレイ君と一緒だったことは口に出しませんでした。レイ君は私の隣にいて、ケチャップをとってくれました。

レイ君はふと腕時計を見ると「じゃあ、俺、用事があるから」と去っていきました。

私たちはそこで解散しました。

女の子の名前はアミさんといいました。レイ君と年齢が一緒、つまり私より二つ年上だということでした。

別れ際《ぎわ》にアミさんは笑って手を振りました。

「じゃあ、ゆうかちゃん、またね」

一年前に、彼を運命の人だと思ったその恋心が再燃しました。こんな偶然はありえない、特別な力が働いているのではないか。考えれば考えるほどそんな気がしました。

それから一週間ほど経《た》った頃です。父が母を殴りました。浮気をしたのか、なんなのかよくわからないのですが、そのあたりの理由で怒鳴りあいが続き、最後に母は私を連れて家を飛び出しました。よくあることで——時折父は「狂う」のです。わけのわからないことをぶつぶつと呟《つぶや》いたり、誰のおかげで豊かでおもしろい暮らしができているのだとか、家族を理不尽に責めて困らせるのでした。

母に連れられるまま、美奥駅前のビジネスホテルに泊まりました。

「明日、学校はどうしよう」

「一日ぐらい大丈夫でしょう。お母さんが明日の朝、連絡しておいてあげる」

夕食はレストランでとり、その後はずっとホテルの部屋でテレビを見て過ごしました。恋愛ドラマでは、私はヒロインを自分に、男役をレイ君に置き換えて見ていました。母はその間、ずっと誰かと電話をしていました。

翌日、母とは外のコーヒーショップで朝食をとってから別れました。母は、父と二人で「話し合い」をするために、先に家に帰り、私は文房具と本を買って時間を潰《つぶ》してから戻る予定でした。

バス停の近くでチンピラ風の大人の男と一緒に歩いているアミさんがいました。

アミさんは私と目が合うと、チンピラ風の男の人に素早く何かをいって、私のところに走りよってきました。男はくるりと背を向けて去っていきます。

「あれえ、あれえ、ゆうかちゃんだあ」

名前をおぼえていてくれたことが嬉《うれ》しくて、私は微笑《ほほえ》みました。

「ゆうかちゃん。ねえ、何やってんのお」

「なんとなくぶらぶらです」

「ホントにい。あたしも」

「文房具とか買おうと思って」

「あ、じゃあ、あたし選んであげるよ」

「あ、はい」私は頷《うなず》きました。

先輩なので敬語で話そうとすると、アミさんは「いいよ私に敬語使わなくて」といいました。そのため、私の口調は敬語が混じりつつ打ち解けた友達風でもある変な言葉遣いになりました。学校の時間になぜ町をうろついているのかは訊《き》きませんでした。人はみんな事情があるものです。

買い物の後は図書館で時間を潰す予定でした。図書館よりアミさんと二人で遊ぶほうが魅力的です。それに、アミさんといれば、またレイ君がどこからか現れるかもしれません。

デパートで文房具と本を買った後、私はアミさんとゲームセンターに入りました。アミさんは気前よく私に五百円をくれました。その後、出来たばかりのファストフード店でハンバーガーを奢ってもらうと、二人でそれを持って公園に向かいました。

アミさんは不思議な人でした。学校で面白いことがあったとして話す内容が、テレビでやっていた人気お笑い芸人のコントと同じだったり、年上に暴走族の友人がいて、「だから私になめたことをする奴《やつ》のところは、ゾクが襲いに行く」などと得意気にうそぶいたりするのでした。

コンビニエンスストアでは、いつの間にかお菓子や安物の香水を懐《ふところ》に入れていました。

公園の林の中でアミさんは煙草《たばこ》を吸いました。一本吸うかというので、吸い方を教えてもらって私も火をつけます。

「毒じゃない？」

「ああ、煙草？　吸った後に唾《つば》を吐けば毒じゃなくなるから」

アミさんはぺっと唾を吐きました。

「こないだ一緒にいた男の人は」私は咳《せ》き込みながら、さり気なくきいてみました。

「どういう人」

アミさんの表情が一瞬翳《かげ》りました。

「ああ、レイジのこと？」

「あ、そういう名前だったっけ？」私は名前をおぼえていないふりをしました。

「そう、あいつレイジっていうの。まあ一応私の彼氏だけど」

アミさんは煙を吐きます。従兄弟《いとこ》とか親戚の類ではないと知り、胸がずきりと痛みました。

「まあ、ゆうかちゃんにはわからないだろうけど、いろいろ大変よ」

「ふうん」とあまり興味なさ気に答えました。

正直にいえば、アミさんとレイ君は容姿とか雰囲気とかそういったところで釣り合わないように私は思いました。付き合っているのが本当だとしても、レイ君はアミさんのことがたいして好きなわけではなく、「いろいろ大変」なのはそのあたりのことだろうと推測しました。

「さっきの男の人は？」

アミさんは、不快気に顔をあげました。

「なんで？　なんでそんな、いろいろ訊くの？」

ごめんなさい、と私が身を竦《すく》ませると、アミさんはすぐに頬を緩めて、ゆうかちゃんはかわいいね、といいました。

「今度、レイジも入れて三人で遊ぼうか」

アミさんが嬉しい提案をしました。

三人で遊ぶ考えは魅力的でした。私がレイ君と親しくなる道はそれが一番自然です。もっともアミさんは私の恋愛において、障害になるかもしれませんが、最終的に運命の人と結ばれるためにはドラマなどでもいろいろ障害があるのが普通です。

「わあ、楽しそう、いいね」

「オッケーオッケー、レイジにいっとくよ」

「いつ遊ぶ？」

「じゃあ、次の日曜」

待ち合わせはこの公園のこのベンチ。十二時頃。忘れちゃ駄目よ。

約束して私たちは別れました。

家に戻ると、母親が料理を作っていました。とりあえず日常は戻ってきたようです。

父親は夕食の間、一言も口を利《き》きませんでした。

5

翌朝はよく晴れました。早朝に鶏の鳴き声で目を覚ましました。

朝食をとりに台所にいった折、私はおばさんに苦解きをしたいと告げました。

タッペイの、じぇーんじぇん、が、私の警戒を薄めていました。

「じゃあ、準備しておいてあげるから、夕方まで遊んでおいで」

おばさんはいいました。

夕方になると、私は、香の焚《た》かれた離れの建物に案内されました。

椅子《いす》とテーブルが置かれ、ワイシャツを腕まくりした親分が待っていました。

私が親分の向かいに座ると、親分は蒔絵《まきえ》のついた漆塗りの黒い箱をとりだしました。開くと、中に文字や絵の描かれた、妖《あや》しい気配を放つ金属の円盤と、それを置く台、花札サイズのカードが何十枚か入っていました。

私は金属盤に目を見張りました。生まれて初めて見るものでした。

「こいつが苦解き盤だな。精霊盤ともいう」

似ているものを例にして説明すると、風水盤と、ルーレットの合いの子のようなものです。文字は漢字で、絵はどこか中国風でした。盤を置く台には、四方に朱雀《すざく》や玄《げん》武《ぶ》など四神の装飾がされています。

「もとは大陸からきたものだろうな。どこをどう流れてきたかわからぬが、大昔に美奥の呪《まじな》い師《し》が易を見るのに使っていたのだそうだ」

「本当？」

「知らん。使い方次第で、世相や運命を読むことができるともいうが……。そのやり方を知っている人間はもういないんでね。現在は〈天化〉をやるときのみ使用している。〈天化〉というのはね」

親分はカードを無造作に私の前に置きました。花札のようなカードには、花札とはまた別の絵が描かれています。森の猪《いのしし》、月夜の梟《ふくろう》、着物姿の女、竹林の中の草庵《そうあん》、熊、奇妙な形のオレンジ色の花、太陽、雨、星、凶悪な顔の野武士たち……。

「ゲームだよ」

ゲーム……。

「麻雀《マージャン》とか、花札とか、トランプとかそういうものと同じだな。しばらくやっていると、苦しみが解けてくるかもしれないが、いったんはじめたなら終りまでやらないと、何の意味もない。苦しみは全《すべ》て戻ってくる。何か質問は？」

私は首を横に振りました。お灸《きゅう》とか鍼《はり》でなかったことで少し安心しました。

「じゃあ、はじめよう。ルールを教えるよ。わしが親で、君が子だ。苦解きを受けるものが常に子で、最後まで入れ替わらない」

〈天化〉のルールについて言葉で完全に説明することは困難です。〈天化〉は、カードと苦解き盤がセットで一つの世界を作っており、麻雀牌《パイ》を一度も見たことがない人間に、役の説明をするのが困難なのと同じです。

子は三十枚のカードを与えられ、ルーレットのようにまわした盤の指示に従って、親の持つカードと合わせます。うまく合えば、合わせたカードが減ります。三十枚が全てなくなれば、その局はひとまず「あがり」でした。

カードはただ減っていくばかりではありません。合わせ方によっては、カードが増えたり、一度捨てたカードが戻ってきたりします。条件が合えばカード同士の交換もあります。

ゲームにおいて絶対者である親分が、状況ごとに、どうしたらいいのか教えてくれるので、初心者の私がゲームを進行していくことに特に問題はありませんでした。

ひとたび始めると、のめりこみました。

不思議な世界でした。

私はそれ以前にも以後にも、〈天化〉ほどの奥深さを持ったゲームを知りません。〈天化〉は、花札、将棋、囲碁、私の知るどのゲームとも似ていませんでした。

細部のルールは複雑怪奇で、それらがゲームの世界に緻密《ちみつ》に、そして有機的に絡《から》んでいき、原因と結果——因果の糸が独特な世界を浮かび上がらせていく様は、人間が発案したものとは思えませんでした。

まるで自分が雲から地上を見下ろす透明な存在になって一つの世界の趨勢《すうせい》を眺めているようでした。

——狩りの目、猪のカードを獲得。猪を合わせて捨てて、作物を得る。雨の目。作物は育つ。雨の目。また雨。降りすぎだ。作物は駄目になる。飢える。あーあ、猪を合わせて捨てるんじゃなかった。飢えなかったのに。

——旅人の男。機織《はたおり》女。この二枚で子供たちのカードと交換。繁栄を示す目、豊作の田のカード。ようし。西から風。何かの予兆？　わかんないや。今は無視しよう。花を捨てて刀と交換。大きな戦乱。良かった、刀はある。

「なかなかわかってきたな」

親分はいうと、ガラガラと盤をまわしました。

離れには電気が通っていないのか、部屋の明かりはテーブルの上に吊《つ》り下げられたランプだけです。親分の大きな体は狸《たぬき》の化け物に見えました。

三時間ほどで、私の三十枚はなくなり、その局は「あがり」になりました。私は全身に汗をびっしょりかいていました。

「では、今日はおしまい。〈天化〉は全部で九局やるんだ。二局目は明日だな。食事をとってお風呂に入って、ゆっくり休みなさい」

離れを出ると、網戸から忍び込んだ夜気がほてった体を冷やしました。

昨日と同じ部屋に行くと、私のぶんの食事が卓袱台《ちゃぶだい》に置いてありましたが、食欲はありませんでした。

台所へ膳を下げにいって残したことを謝ると、「まあ、最初の〈天化〉の後だからいらなかったかもね」と、おばさんはやさしくいいました。

「どうだった？」双子がどたどたと慌《あわただ》しくやってきて、好奇心一杯に感想を訊きましたが、面白かった、とだけ答えて早々と床に入りました。

ただもう満たされていました。

頭の中はさきほどの〈天化〉のことで一杯で、他のことが考えられませんでした。私は新しい世界を発見したのです。〈天化〉との出会いは、他のことがみな霞《かす》んでしまうほどの衝撃でした。自分が家出をしている不安感など完全に霧散していて、ただもう初回の〈天化〉の愉悦を反芻《はんすう》し続けました。その晩は〈天化〉の夢を見ました。

翌日の昼食後、私は再び離れに呼ばれました。親分がピンク色のシャツに丸い眼鏡をかけて待っていました。

「今日の予定は、これから二局目。また夜に時間があいたら三局目をやろう」

蒔絵箱から盤が出され、カードをもらうと、あっという間に世界に引き込まれました。まるで穴に落ちていくようです。穴の向こうには魅惑の〈天化〉の世界が広がっています。

二局目は昨晩とは違い、雪崩《なだれ》のようにカードが合い続け、三十分もしないうちに「あがり」になってしまいました。終わった瞬間に終わったことが信じられないほどで、本当にあっという間でした。

拍子抜けして「もっとやりたい」と親分にいってみましたが、「だめだめ、次は夕方」と聞き入れてもらえませんでした。

「こんな風にな、すぱぱっと終わっちまうこともある。不可抗力にな」

不可抗力に終わってしまう。その言葉がなぜか胸に残りました。

ともあれ、夕方が待ち遠しくてたまりませんでした。

6

家の前の泉はどこまでも碧《あお》く、底が見えませんでした。龍が棲《す》んでいそうな淵《ふち》とはこういうものをいうのでしょう。

歩いてみると、あちこちから細い水流が流れ込んでいるのがわかります。

双子が釣竿《つりざお》を持って現れ、「一緒に釣りしようよ」と誘いました。タッペイの頭にカブト虫が載っているのを見て、私は噴き出しました。

双子は淵に突き出た岩に腰掛けると、仕掛けに虫をつけて糸を垂れました。

「何が釣れるの？　イワナ？」

「釣れたらいいけれど、イワナは釣れんね」タッペイが笑いました。「イワナはもっと上流」

「ハヤとか。雨の後だからけっこう集まってるかも」

「でも、俺らの目当ては、う、な、ぎ、だよおん」

「ねえ、〈天化〉はさ、誰が考えたの？」

「むきゃあっ」

「知らないよお。ゆうかちゃん、もう〈天化〉の話ばかり」コウヘイが私の釣竿に餌《えさ》をつけながらいいました。確かにその通りで、私は二言目には〈天化〉のことを口にするようになっていました。

「だって好きなんだもん」

「九局、最後までやるの？」

「当然」

「あっ引いている」

タッペイの頭のカブト虫が、ぶぶぶ、と飛んでいきました。双子はどこまでものんきでした。

ハヤを五匹釣って、おばさんに七輪を出してもらい、庭で焼いて食べました。うなぎはその日は釣れませんでした。

釣り場の近くの大岩のそばに、地蔵菩薩《ぼさつ》が五つ並んでいました。

「お参りしようっと」双子は前に並んで手を合わせます。私もならって手を合わせます。

「これは、お墓っ」

「ご先祖様？」

お墓には見えませんでしたが、先祖の墓が庭にあったとしても、あまり驚きませんでした。

「ううん。先祖、じゃ、ないな」

「じゃあ誰の？」

「えっと、神様。死んだ人。仏様」

「よく知らない。偉い人」

「友達」

この双子には、お地蔵様も友達なんだと思うと、嬉《うれ》しくなって笑ってしまいました。


夕方からの三局目には、気合を入れて挑むことにしました。先に風呂に入り、禊《みそぎ》を済ませた心持で、頬をぴしゃりと叩《たた》き、背筋を伸ばして離れに向かいました。

蒔絵箱を見ただけで、興奮して動悸《どうき》が激しくなります。

「いい顔になってきたな」親分が盤を取り出します。昨日と同じく香が焚《た》かれています。


「気が満ちておる」

三局目で、私は〈天化〉のさらなる深みに入り込みました。これまでの二局は、まだまだ〈天化〉の入口の部分、幼児用の浅瀬だったようです。もはや〈天化〉は単なるゲームの枠など軽く超え、面白いとか面白くないとかいった次元で語れる領域にはありませんでした。

三局目で繰り広げられた世界は、神がかった力で、過去か未来に同じ世界がどこかに実在しているのではないかと思わせるほどでした。戦乱のカードでは、馬が土を蹴《け》る音が聞こえてきましたし、嵐のカードでは暴風を感じました。カードの動きに何らかの思想を感じてそれに従うと、対抗するように反対の思想が姿を現し混乱させます。善と感じていたものが悪に転じ、これが豊かさと感じたものが、僅《わず》かな間のうちに、薄ら寒い虚栄に転じます。攻撃と防御。嘘《うそ》を隠す真実と嘘に隠れた真実。ある部分では成功。ある部分では失敗。

カードは増減を繰り返し、なかなか終りません。昼間の経験から、「あがる」ことより、「楽しむ」ことが重要なのだとわかっていました。カードが増えても少しも残念ではありません。

眩暈《めまい》がするほどの綱渡りの中で、色がはじけます。大空の青。鮮血の赤。匂いたつ緑。閃光《せんこう》の白。これをだしたらどうなるだろう。この計略は成功するだろうか。

興奮に震えながらカードを切り、まさに今、自分はこれまでの人生の絶頂にいるにちがいないと、覚醒《かくせい》した心持で思いました。

何時間没頭したでしょうか。外の世界を流れる時間のことなど気にすることもなく、気がついたら、手持ちのカードがなくなっていました。

「おい、歩けるか」

親分がそう心配するほど私は精神力を使い果たし、ふらふらになっていました。布団にもぐりこむと同時に、体が溶けてしまったように意識を失いました。

夢の中でアミさんの姿が現れました。灰色の冬空の下、アミさんの唇は半開きで、目はどこか不安そうです。ああ、アミさんはこんな不安な目をしていたんだと、私は初めて気がつきました。

7

あの十二月の日曜日の午後、アミさんは一時間待っても現れませんでした。気温は冷え込み、公園のベンチでじっとしていると肋骨《ろっこつ》が震えました。缶コーヒーを飲んだのですが、半分も飲まないうちに、缶が冷たくなりました。

帰ろうかと思ったところで、アミさんがポケットに手を突っ込んでやってくる姿が目に入りました。

「あ、まだいたんだ」

それがアミさんの第一声でした。遅れてきたことを詫《わ》びる様子はなく、レイ君の姿もありません。

〈本気にして待っていたんだね。悪いことしちゃった〉そんな顔をしていました。

「か、帰ろうかな」私がぽつりというと、どうして、どうして、と引き止めます。

「寒いし」

「ごめんわかった。歩こうよ」

この日のアミさんに、数日前に会ったときのようなはしゃいだ雰囲気はありませんでした。

しばらく歩くと、思い出したようにアミさんはいいました。

「なんかレイジは今日来れないって。会いたがっていたんだけどね」

会いたがっていた。一度一緒にホットドッグを食べただけの私に。会いたがっていた。その言葉で密《ひそ》かに胸に炎が灯りました。

「レイジは今度連れてくるよ。なんか食べよう」

ファストフード店から出てしばらくすると、アミさんは「いいところがある」とどんどん歩いていきました。私たちは坂を上ったところにある児童公園に入りました。恐竜の遊具が置かれている小さな公園です。

「レイジはねえ、あいつエロいよお。誰もいないとすぐキスしてくんの」

「そうなんですか」

たぶん嘘だろうと思いながら、すまして答えました。

「喧嘩《けんか》とかしないんですか」

「喧嘩ねえ、まあ、ふざけてならあるかも」

アミさんはふと話を変えました。

「ねえ、ゆうかちゃん、空を飛んだことある?」

「ないですよ」

「真面目《まじめ》に答えて、ゆうかちゃんっておかしい」アミさんは笑いました。

今日なんかマジで待っているし。

「でもねでもね、あたし、実は空を飛べるんだ。時々飛ぶんだ。すごいでしょう」

「どうやって」

「それは」

秘密。

アミさんは鞄《かばん》の中から、何かの瓶をちらりと見せました。

「本当に飛ぶんだよ。木の上を突き抜けて、町を見下ろすんだから」

実は、私は空を飛ぶ夢をよく見るたちです。中国の山奥の仙人とか、本当に飛べる人間が世界のどこかに実在するのではないか、と考えたりもします。でもそのときのアミさんの言葉は苦笑いで流すしかありませんでした。

どこかでアミさんと別れて帰ろうと思っていました。でも、彼女と気まずい別れ方をすれば、この先レイ君と接触する機会を潰《つぶ》すことになりかねません。うまいタイミング、きりのいいところを私は見計らっていました。

アミさんは児童公園の奥にある冬枯れの雑木林の中の階段を上っていきました。階段を上りきると、見晴しスペースになっていました。たいした眺めでもなく、殺風景な眼下の団地と、遠くに尾根崎の瓦屋根《かわらやね》が見えるぐらいのものです。狭い敷地に東屋がありました。周辺にはお菓子の袋や、煙草《たばこ》の吸殻が散らかっていました。私たち以外には誰もいませんでした。

周囲の目がなく、未成年が煙草などを吸うには都合の良さそうなところでした。

アミさんは東屋のベンチに座ると、鞄からさきほどちらりと見せたラベルのついていない黒い瓶をだしました。

「これ空を飛ぶ薬」

中身はなんだろう。お酒かな。麻薬かも。いや、シンナーとかその類のものかも知れない。私は瓶をじっと見つめました。

「本当は何?」

「だから空飛ぶ薬だって。貴重だからね」アミさんは唇を尖《とが》らせていいました。「あげないよお」

ふと、彼女の意地悪な心が透けたような気がしました。

空を飛べるのは私だけなんだ。本当に大切なものは共有なんかさせないよ。ゆうかちゃんは友達かもしれないけど、羨《うらや》ましそうに指をくわえて私を見ている観客としての友達だから。

この読解が正しかったのか、ただの私の歪《ゆが》んだ思い込みなのか、今となっては永久にわかりません。アミさんは続けていいました。

「本当に飛べるんだからね。泳ぐみたいに飛ぶんだからさ」

私はただ黙って見ていました。

「飛んで戻ってくるまで、そこで待っていて」

厚い雲に覆《おお》われた陰鬱《いんうつ》な空を鳶が旋回しています。今日は雪が降るかもしれない、と私は思いました。

アミさんは、瓶を口にやりました。

うっとりと目を瞑《つむ》ります。

もういいや。

この人は――少し危うい。

私はくるりと背を向けると、アミさんをそこに残して忍び足で立ち去りました。

慌《あわ》てて追いかけてくるかと思ったのですが、階段を下りきっても、追いかけてきませんでした。一瞬だけ戻ろうかと思いましたが、下りた階段をもう一度上るのもしんどく、そこまでする義理もないように思え、足早に立ち去りました。

彼女が目を開いたとき、忠実な僕《しもべ》のようについて歩いていた私がいなくなっていることを知ったら、どんな気分になるだろうと想像しました。ほんの少しだけ、「いい気味だ」と思いました。

私には切り札があるのです。レイ君とバイオリン教室で一緒だったということです。

そして――そのことをアミさんは知らない。

レイ君はきっと……憶《おぼ》えているけれど、あえて憶えていないふりをしていたのではないでしょうか？　ホットドッグを食べたとき、（バイオリン教室で一緒だったね）（そうだね。また会えてうれしいよ）という声なき会話がレイ君と私の間で交わされたような気がしてきました。つまり私とレイ君は秘密を共有しているのです。

仮にアミさんを仲介としなくても、どこかでレイ君に会ったとき、ホットドッグのお礼と一緒に、それを持ち出せば、あっという間に誰も入り込めないほど親密になるような気がしました。

8

「ではこれより四局目だ」

苦解き盤を前にして親分がいいます。

「疲れてはいないかね」

「平気です」

目覚めたのは、日も落ちる頃でした。十五時間は寝ていたことになります。私は起きるとすぐに四局目の〈天化〉をやらせて、とおばさんに頼んだのです。

〈天化〉をやらなくては自分が壊れてしまうような焦《あせ》りに近い感情がありました。

カードをもらうと、四局目最初の盤がからからと廻ります。部屋の空気が歪んだように感じました。全て忘れ、己の全てが〈天化〉に沈んでいきました。

——吹雪の夜。これは呼び込みの一枚。夜明けの鳥。鎖に繋《つな》がれた骸骨《がいこつ》。いらない。あ、でも縛りがある。骸骨は捨てられないんだ。何かに使える？　何にも使えない。交換もできない。使うためのものではない。ずっと残るんだ。

ランプの光に照らされた親分の姿は、今日は大天狗《おおてんぐ》に見えます。

「〈天化〉は誰が作ったの？」

「昔の人だよ」

面白みのない答えでした。

「人ではないかも？」

「知らんな」

四局目は、巨大な嵐に巻き込まれてしまったような状態でした。理性の材木で城を作ろうと試みるも、全てはでたらめに破壊されていきます。五分おきに苦痛をおぼえました。今回に限って、できるだけ早く「あがり」を目指してみましたが、それもまた裏目に出たようで、どんどん窮地に追い込まれていきました。

自分の考えがいかに浅薄か、普段いかに自分勝手な思考をしているのか思い知らされる局でした。

鎖に繋がれた骸骨のカードはいつまでも手持ちに残り続け、いろいろといやなものを運んできます。良いカードはみな逃げていき、カードはもつれあいながらどんどん増えていき、ついに手持ちが七十枚を越しました。

まるで誰かに延々と罵倒《ばとう》されているようで拷問《ごうもん》に近いものがありました。私は怒りと悔しさで涙を浮かべました。

これが普通のゲームなら、一抜けた、とカードを床に叩《たた》きつけ、その場を逃げ出していたでしょう。でも全身全霊をかけて対峙《たいじ》している〈天化〉にそんなことはできません。

鎖に繋がれた骸骨は――。

アミさんを置いて帰った翌日。

テレビのニュースで、団地の裏山の斜面から滑り落ちて足をくじいた中学三年生の女の子が、誰にも発見されぬまま一晩のうちに凍死したことを知りました。

すぐに混乱し、とてつもない不安の波がやってきました。私が妙なものを飲むのを止めさせていたら、彼女は死ななかったのでしょうか。いえ、アミさんは薬そのもので死んだわけではありません。朦朧《もうろう》として足をすべらせ、冬の冷気で死んだのです。では、彼女が正気づくまで待って、一緒に市街地へと降りていれば……つまり、私にも愚かな先輩の死の責任はあるのでしょうか。まさか。後輩は先輩の保護者ではないし、未来を知る力だってないのです。自業自得ではないですか。

わかりません。責任はあるのかもしれません。

――飛んで戻ってくるまで、そこで待っていて。

それが彼女の最後の台詞《せりふ》だったのですから。


私がその場にいたことを知られたら、やっかいなことになるのは確実でした。私は口を閉ざして様子を見ることにしました。結果的にそれは正解でした。私のところに事情を聞きにくる者はいませんでした。

アミさんの死は、別の中学校である私のクラスでも、同級生が噂《うわさ》していました。

――ねえねえ、フジ中の三年がドラッグやって死んだって知ってる？

――うっそ、男？　女？

――あ、それ私知ってる。私、フジ中に友達いるもんね。なんか、登校拒否の子だって。売春しているって噂もあったって。

私は息苦しくなり、トイレで吐きました。

レイ君の姿を見かけたのは、アミさんの死より二週間後のことです。よく晴れた日でした。冬らしく空気が澄んでいて、遠くまでくっきりとものが見える日です。

美奥駅の近くでした。レイ君は雑貨屋の前に所在無く立っていました。ホットドッグのときも感じていたのですが改めて見ると、レイ君は美青年の入り口に立っていました。背は高く足も長く、すらりとした体つきはフィギュアスケートの選手のようで、いかにも運動神経が良さそうです。顔つきには、男の子っぽいやんちゃな陽気さと、控えめな知性が同居し、髪形や洋服のセンスは都会的です。遠めにも目立ちました。立っているだけで、彼はただ一人の英雄でした。

私はレイ君のもとに駆け寄りました。

「おっ」

彼は驚いた顔を見せました。

「久しぶり」

「おお、いや、何やってんの」

「別に歩いていただけです。ねえ、あの」

レイ君に会ったら、アミさんの死について話そうと決めていました。落ち込んで悲しんでいるレイ君と公園のベンチに並んで座り、二人でぼそぼそと話すドラマのようなシーンを何度も夢想しました。そこで、私はアミさんの最後の日に自分がそばにいたことを、告白するのです。

しかし、実際の彼を目の前にすると、何もいえませんでした。間を取り繕うようにレイ君はいいました。

「えっと……こないだは雑誌ありがとうね」

楽しげともいえる瞳《ひとみ》です。私には不可解でした。

「あ、うん」

話の糸口が摑《つか》めないうちに、雑貨屋からレイ君の友達らしき学生服の男が現れました。

「わほっ、まさかナンパ中？」

「何がわほ、だ。どっか行け」

レイ君は少しおどけた風に、友人を追い払う仕草をしました。

続けて、これも同級生でしょうか、女の子が二人、雑貨屋から顔を出しました。二人とも華やかでかわいらしい子です。距離を置いて、ちらちらとこちらを見ながら、ひそひそ話をはじめました。

私は、すまなそうにレイ君にききました。

「どっか行くとこだった？」

「おお、ちょっと仲間と、映画でも行こうかって話になって」

仲間？　男二人、女二人。学校の仲良したちと……映画……。

気持ちが暗く萎《しぼ》んでいくのを悟られないように私は朗らかにいいました。

「そっか、じゃあ、またね」

「うん、じゃあね」

レイ君は踵《きびす》を返します。

四人が歩き出しました。ねえねえ、なになにあの娘はあ、教えなさいよう、と連れの女の子が、からかうようにレイ君にいうのが聞こえました。さあねえ、なんでお前にいわなきゃいけないの、とレイ君がとぼけて答えます。

二人はしっかりと肩を触れ合わせ、手を繋いでいました。

くるりと彼らに背を向けて、努めて陽気に歩きだしました。ホットドッグのお礼をいいそびれたことに気がつきました。

違うんだ。歩きながらどんどんと底なしに暗い気持ちになっていきました。私は勘違いをしていました。全然違うのです。レイ君は、私が考えている場所には立っていないのです。公園のベンチで涙ぐんで俯《うつむ》いたりしないのです。私がレイ君に話すことなど何もないのです。

会いたがっていた、はアミさんの嘘《うそ》です。アミさんとレイ君が付き合っていたのかさえあやふやです。雑貨屋の前のレイ君の様子からして、日曜日の約束すら聞かされていなかったのではないでしょうか。ホットドッグの日は、登校拒否児の女の子とレイ君がたまたま一緒にいた――それだけのことだったのでしょう。バイオリン教室――そんなことに拘《こだわ》っていた自分は愚かでした。彼はバイオリン教室のことなど憶えていないし、普通に考えれば、憶えていたところで、「ああ、だったね」で終わる程度のことではないですか。どうして普通に考えられなかったのでしょう。

家は冷え切っていました。誰もいませんでした。

ぐったりベッドに腰掛けた瞬間でした。

アミさんの最後の声が脳裏に甦《よみがえ》りました。

——飛んで戻ってくるまで、そこで待っていて。

唐突に胸を抉《えぐ》られたような感覚があり、思わず、わあっと叫びました。

親分は腕を組んで、盤を睨《にら》みつけながらいいました。

「何を考えている？」

「友達のこと」

ふん、と親分は鼻を鳴らしました。

「私の友達、すごく格好いいんだ」

「ほう」

「性格もいいんだ。その友達と一緒にここに来たら、楽しかったのにって」

「友達と一緒ではここにこれんよ。なんだ？　ボーイフレンドかね」

「女友達。ちょっと不良なんだよ」

やがて、親分は音をあげました。

「これではにっちもさっちもいかん」

「じゃあ、やり直し？」

「〈天化〉にやり直しはない」

親分は私に待つようにいうと、席を立ちました。五分ほどでおばさんが現れました。

「おばさんが代わりね」

「できるんですか？」

「できますよ」おばさんは、どっこいしょと私の向かいに座り、手ぬぐいで手を拭《ふ》きました。「あの人よりも、おばさんのほうが手練《てだ》れだから安心しなさい」

為政者が代われば、世の風潮が変化するのと同じく、おばさんと対峙すると、親分のときとは別の世界が立ち現れました。ルールに変化はないのですが、世界の解釈、事象の扱い方、思考の組み立て方が親分とは根本的に異なっていました。

「あなたは拘りすぎなのよ」おばさんはいいました。「親分と一緒ね。親分もね、このあいだは、町中の石像の写真を全部集めるだなんて張り切ってね。思い込んだらなんとやら、雨の中歩き回ってずぶ濡《ぬ》れになって三日も風邪を引いていたのよ。まあ凝り性もたいがいにしないとね」

もつれた糸は慎重に、しかるべき手つきで解かれていきます。行き詰まった流れが八方に広がっていく様は、まるで水門が一つ一つ開いていくようでした。

最後に鎖に繋がれた骸骨のカードは、巡ってきた埋葬のカードと合わせて、私の手元から消えました。

「今日はもうこれで終りにして、後はお風呂に入って、食事にしなさい」

呆然《ぼうぜん》としている私にハンカチを渡しながら、おばさんは命じました。私は泣いていたのです。棘《とげ》がいくつか抜けて、そこからだらだらと毒だか、血液だかが流れ出しているような感覚でした。


風呂上りに廊下を歩いていると、奥の間から、人の話し声が漏れ聞こえていました。私は忍び足で隣の薄暗い座敷に踏み込み、襖《ふすま》に身を寄せました。

——確かにここなんですよ。

父の声でした。

私はもう四日も家に帰っていないこと、何の連絡もしていないことを思い出しました。この家に来てから、私は不思議なほど、自分の家のことを考えませんでした。〈天化〉の虜《とりこ》になっていたからですが、それだけではなく、この家の不思議な力が外界のことをぼやけさせていたようにも思います。

父が探しに来たのか、でも、よく似た声というだけかもしれない。

——子供のときに、迷い込むようにしてここに入ったんです。おぼえていますよ。

——まあ、そうなんですか。でも何かの勘違いじゃないですかねえ。

返答しているのはおばさんの声です。

――いいえ、いいえ。おばさんのこともおぼえています。あと親分と呼ばれていた男の人がいました。苦解きをしてもらいました。花札とルーレットを組み合わせたようなもので遊んでもらって。あの遊戯は、なんという名前でしたっけ？　今でもやっているんですか？　あの頭の中に森羅万象が現れるような……。

――ちょっとわかりませんねえ。いえね、そんな顔をしないでください。ここだけの話ですが、実を申しますと、ここは三十年ほど前までは隠れ賭場《とば》だったことがあります。ええ、もちろん違法のです。二階の間で開帳していましてね。まだトロッコが動いていた頃のことで。どこかの親分さんやら、堅気ではない人が来ていたこともあったかもしれません。私が思いますに、そのあたりの渡世人と遊んだ記憶が、別の形で残ってしまったのではないでしょうか。子供のときの記憶なんていい加減なものですもの。

――賭場。

――賑《にぎ》やかだったのもずいぶん昔の話で、今はひっそりと廃屋になるのを待つような民家ですけどね。

――苦解きは……。

——苦解き……ですか？　あのね、何度も申し上げた通り、そのこと、私にはわかりかねますね。

——おばさんは……年をとっていないのですね。

少しの沈黙がありました。襖を少しだけ開いて隙間《すきま》から中を覗《のぞ》いてみようとしたのですが、固くて微動だにしませんでした。

男のぼそぼそとした声が再び聞こえはじめたので、私は襖にかけた手を下ろしました。

——あの後、何度か探したのです。ここでしかできぬあの方法で、苦しみを解いてもらおうと思って。一度は清涼になった気持ちも、歳月のうちに濁ってしまいました。でもこの家は見つからなかった。三十年ぶりなんですよ。なぜかふと足を踏み入れたら……信じられないことにあのときのまま家があるではないですか。あの……こんなことをいうのもなんですが、お金を払う用意はあります。もちろんある種の秘事だろうと承知していますから、決して口外はしません。

間を置いて、おばさんは少し冷ややかに答えました。

——すみません、少し気になったのですが、あなたは、苦しみを解きたいというのですよね。つまり切実に苦しんでおられる。

――はい、切実に。

――それならば、むしろ、花札だかなんだかわからないですけど、その類のものにお金を払って気分をまぎらわすよりも、他にしなくてはならないことがあるのじゃないですか？　説教がましくてすみませんが。

搾《しぼ》り出すような声で、男はいいました。

――娘がいなくなったんです。全《すべ》て、私のせいなのです。

――それはお気の毒に。美奥は闇《やみ》の多い土地ですが、手を尽くして探すことです。見つかるといいですね。

――八方手を尽くしているのですが、もう半年も見つからないのです。

――そうですか。万策を尽くしても上手くいかないことは多々ありますけれども、きっと見つかることを祈っていますよ。さあ、ここでこうしていても仕方がありません。お引取り願いましょう。

半年。いなくなった娘が私のことだとしたら妙な話でした。まだ家を出てから三、四日しか経《た》っていないのです。

襖の向こうにいるのは、声が父と似ている別の人間かもしれない。

それを確かめるために、どうしても襖を開けたくなりました。力を込めると、今度はあっさりと勢いよく開きました。

奥の間には誰もいませんでした。

灯りもついておらず、真っ暗な座敷には夏とは思えない冷気が満ちていました。

9

五局目は、再び親分が向かいに座りました。

静かな局でした。

日が暮れた直後の深く蒼《あお》い空のような世界が広がりました。

カードの流れは空を映して流れ続ける大河のようでした。

私はそれとなく訊《き》いてみました。

「全てが終わったら、〈天化〉は二度とできないの？」

「そうだな。二度はできん。あんたが〈天化〉をやるのはこれが最初で最後だ」

「どうして？」

「〈天化〉とはそういうものだ」

「今は……季節は夏？」

「さあな」親分は呟《つぶや》きます。今日も親分は大天狗《おおてんぐ》のように見えます。

「苦しみは全部解くことができるの」

親分は少しの間、苦解き盤に目を落としてからいいました。

「九局全て終われば、ごくたまに全て解ける者もいる。多くはない。解けないものがほとんどだ。向き不向きがあるんだよ。あんたはな、向いているとは思っていたが、予想以上だ。素直で思慮深い。盤もカードも、千人に一人だと示している。おじさんはちょっと嬉《うれ》しいよ。ことによれば全て解けるかもしれんな」

私は黙ってカードを合わせます。

「おばさんもいっていたぞ。あんたは凄《すご》いって」

親分はからからからと盤を回します。

苦しみの全てが解けたらどうなるのかは、訊きませんでした。

三局目あたりでは、もしも全局終われば、修行を積んだお坊さんのように、悟りに到達した大賢者になるような気がしていましたが、五局目ともなると別の考えです。

「今までに苦しみを全て解いた人は何人いるの？」

「歴代で五人だな」

やはり、と思いました。庭の地蔵の数は五つでした。

生きている限り、全ての苦を解くなど、どだい無理な話。〈天化〉を五局やれば、そのぐらい私にだってわかるのです。

〈天化〉を最後までやり、全ての苦しみを解いたならば、その瞬間に私は死ぬのでしょう。

痛みもなく、迷いもなく、身体から魂が去り、あの庭の地蔵が一つ増えるのです。怖いかといわれれば微妙です。川はいつか海へと流れ込むものですから。九局目には何も感じなくなっているのかもしれません。

親分は上目遣いに私を見ると、のんびりといいました。

「最初にいったと思うが、最後までやらんといかんよ」

「途中で逃げたら」

「昔話であるだろう、ほれ、山姥《やまんば》の家から、こりゃあとって食われると気がついて逃げ出したら、山姥はどうした？　包丁を持って追いかけてくるだろ」

「また冗談」

川は渦巻き、二股《ふたまた》に分かれ、合流し、また分かれていきます。

「冗談なもんか」

「親分さんが追いかけてくるの？」

「わしは、足は遅いし、めんどうだな。昔話は、最後に追いついて八つ裂きだっけな」

「私が知っているのは、三枚のお札の話。お坊さんからもらった三枚のお札を山姥に順番に投げて、最後は……逃げ切りかな？」

「くだらんな。日常の殺生は棚上げにして、山姥の生活かかった殺生は否定か」

「それ、違う。ハナシ飛びすぎ」

再びカードを合わせます。昼のカードに夜のカード。吹雪のカードに家のカード。事象は手に手をとりあって調和が顕現します。

「逃げればせっかくの苦解きも御破算だ。最後まで解く素質を持った千人に一人のお嬢ちゃんがそんなくだらんことをするはずもない。だな？　やっていればわかるだろう。苦解き盤に宿る精霊が、最高の相手だと喜んでおるのが。ここに来たのは偶然なんかではない。あんたは呼ばれたのだよ」

うん。

素敵なゲームだった。

小さな宇宙の中でありとあらゆることが起こり、私が言葉でしか知らなかったいろんなことを教えてくれた。

だからこそだ。

「タッペイ、コウヘイ」

私は大声で双子の名を叫ぶと、手持ちの、カードの全てを宙に放りだし、扉に突進しました。

扉の前で一度振り向き、目を剝《む》いてのけぞっている親分に、ありがとうございました、とお礼をいいました。

10

私は靴を履いて走りました。

双子には五局目に入る前に、縁側に靴を出して、待っているように頼んだのです。

双子は断るかと思いきや、最高の悪戯《いたずら》の相談を持ちかけられたかのように、顔を見合わせて笑いました。

「こっちこっち」

コウヘイが前に出て、タッペイが私の手を引きます。森を潜《くぐ》り抜け夜の線路に飛び出しました。

後は一直線。

凍った風が吹きぬけ、道の両脇《りょうわき》の樹木の葉が一斉に散りました。

空一面に、花びらと葉が乱舞しました。葉も、花びらも、まるで幻のように、中空で薄れて消えていきます。

ごおっと空が鳴り、大気が冷却しました。

冬。

冷えた暗い道が前に続き、後ろから鬼ごっこの鬼が追ってきます。

太っているからか、走るのは得意ではない鬼です。あまりやる気のないやさしい鬼です。ほとんど見送りをしにでているようなものです。

冬の星空の下で双子は姿を失い、北風となって笑いながら私にまとわりつきます。

まだどこか天上で精霊の宿る盤がカラカラとまわっているみたいでした。全て御破算。そうではないでしょう。苦は戻ってくるでしょうが、きっと残りの局はこれからです。

町へ。

私は枯木立の中のレールの上を白い息を吐きながら走り続けました。

朝の朧《おぼろ》町《まち》

1

冬の明け方に夢を見る。

私は美奥《びおく》に向かう森の中のトロッコ列車に乗っている。

レールの脇《わき》には熊笹がびっしりと生えている。木の皮の甘い匂《にお》いであたりは満たされている。あちこちで鳥が囀《さえず》っている。

ただ私一人だけを乗せたトロッコ列車は、森の中をゆっくり進む。

カタンカタン。

私は一番前の貨車に立って景色を眺めている。

ほんの一瞬、目に入ったオレンジの花の妖艶《ようえん》な輝きに目を奪われた。あっという間に遠ざかっていく。

昔、どこかで読んだ小説に、線路脇の白い花が、汽車の窓から顔を出した乗客の青年の視線に、〈どうせあなた、わたしのことすぐに忘れるわ〉とすねるシーンがあった。作者の名前も、メインの話の筋も記憶にないがその部分だけ脳裏に甦《よみがえ》って思わず笑った。

オレンジ色の花は点となり消える。私は前に目を戻す。

路傍の花よ、その通りだ。

やがては忘れたことすら忘れる。

トロッコ列車は傾斜を上っていく。時折霧のかたまりが眼前に現れ、視界が白くなる。

頭の中もふんわりと白くなる。

大冒険をしているような、散歩をしているような、不思議な気分だ。

かなり前からおとぎ話の世界に迷いこんでしまっている。


夏がふわっと消えた。


五歳になる娘——愛が、隣の布団《ふとん》からこちらにもぐりこんできた。このぬくもりは永遠の宝だ。外はまだ夜明け前で暗い。

この静けさはもしや雪か。

私は布団でじっとしながら、さきほどの夢について考える。

お母さんは何処《どこ》から来たの？

数日前、娘がそうきいたとき、私は野原から来たのよ、と答えた。

全《すべ》てはあやふやだ。

七年前、私は野原からトロッコ列車に乗って美奥の土を踏んだ。確かに——いや、もう一度眠り、目覚めたら、また答えは変わるのかもしれない。

2

遠くで春祭りの太鼓の音が聞こえた。

「春だね」と長船さんが縁側からいう。

私は葱《ねぎ》を刻みながら「そこからお祭り見える？」ときく。今晩は煮込みうどんだ。

「遠くに提灯《ちょうちん》だけ」

「後で行ってみる？」

「面倒くさいからいいや」

庭の残り雪も消え、梅が咲いている。

確かに春だ。

長船さんと一緒に暮らすようになってから何度目の春だろう。数えれば四度目。いつのまにかそんなに経《た》っていたのか。

目の前にいる男の人は赤の他人なのだ。

赤の他人の家に四年も居候《いそうろう》しているのだと考えると、少し後ろめたい。

東京でOLをしていた頃には、今の自分の境遇など想像もしなかっただろう。


長船さんはそろそろ五十になる。でも五十歳の男の人、という感じはしない。長船さんは長船さんだ。マイペースで飄々《ひょうひょう》としていて、たいして人生に疲弊しているようにも見えず、あまり細かいことに頓着《とんちゃく》しない。

長船さんの右手は、十年前に自動車事故を起こしたせいで、あまり力が入らない。私は彼の身の回りの世話をして、料理を作る。部屋の掃除をする。家政婦として雇われているわけではない。私が勝手に居候をしているのだ。家事は、家に住まわせてもらっている恩返しのようなものだ。

長船さんの妹の真知子さんは、そうと口に出さずとも私のことを毛嫌いしている。東京から流れに流れて、お人よしの兄の家に居座っている脛《すね》に傷持つ野良猫《のらねこ》だとでも思っているのかもしれない。真知子さんはここよりも賑《にぎ》やかな二つ隣の町に住んでいて、時々やってくる。

図々しい人間だと糾弾されれば返す言葉もない。私としては長船さんに家賃を払うことができれば気も楽なのだが、長船さんは頑として受け取らない。いつかはここを離れようと思っている。でもその機会は先へ先へと延ばし続けて四年も過ぎてしまった。

長船さんの家は居心地がいいのだ。

私は他人と暮らすのがあまり好きではない。だから長船さんは特別だ。家は高台の林の中にあり、連なる田圃《たんぼ》を見下ろしている。夏など、庭から田を渡る風が稲穂を揺らすのを見ることができる。

田園の先には箕影《みかげ》山。標高九百メートルの山だ。こんもりと木が茂っている。時折山頂に雲がかかる。

山をいくつか越えた先に、長船さんの故郷の美奥がある。

車なら半日かからずに到着する距離だが、めったに行かないという。長船さんの両親はだいぶ前に死んでいて、実家も既に美奥にはない。

長船さんの口から語られる美奥は魅力的だ。

美奥は、美しい記憶、という意味に由来するのではないかと思うぐらいに。

たとえば裏庭の話。

長船さんが幼い頃を過ごした家の裏庭では、彼の祖母と母親が無数の植物を栽培していた。薔薇《ばら》、菊、トマト、玉葱、ジャガイモ、ハーブ。

——家庭菜園？

——そうそう。土が肥えているんだよ。植えればたいがいは育つ。懐《なつ》かしいな。かげろう蜥蜴《とかげ》がたまに出てね。

——かげろう蜥蜴？

かげろう蜥蜴は、体長十センチほどの大きさで、緑と紫の縞《しま》が入ったごく普通のシルエットの蜥蜴なのだそうだ。その蜥蜴は庭の一角、百日紅《さるすべり》の木の下、アザミとナデシコが咲く場所に、初夏の一時期だけ現れる。

——五月の最初の週から、最後の週ぐらいの間かな。うん、その蜥蜴が出るのは。

かげろう蜥蜴は、他の蜥蜴にはない特殊な性質を持っている。それは絶対に捕まえられないという点だ。

ぱっと手を伸ばしてもそこには何もない。うまく囲んで、逃げ道を塞《ふさ》いで捕らえようとすると、消える。

──虫取りアミとか、バケツをかぶせるとかしても駄目。親は呆《あき》れ顔で、あれは捕まえようとするなってさ。影みたいなもので絶対に捕まえられないから時間の無駄だし、そもそもかげろう蜥蜴はアザミとナデシコの咲くその場所でしか生きられないからってね。

ある五月の裏庭で、かげろう蜥蜴はじっと動きを止めていた。

なんとしても捕まえたかった長船さんは、ふと近くにあるアザミの花を動かしてみた。そうすると、かげろう蜥蜴の色が薄くなった。長船さんは息を呑《の》んだ。スコップでゆっくり土を削り、根を傷つけないようにしてナデシコの花も動かしてみた。

そうするとかげろう蜥蜴は空気に溶けるように消えてしまった。

慌《あわ》てて花をもとに戻したけれど庭の片隅の狭い一画に、もうかげろう蜥蜴は現れなかった。消えるのはいつものことだったが、翌日になっても、翌年になっても、二度と姿を現さなかった。

──花と土と季節と、微妙で危ういバランスのところにいたものなんだと思う。俺がそれを崩しちゃったんだね。花を動かしたことで殺してしまったのか、見えなくなっただけなのか、どこかに去ったのか、わからない。後悔して泣いたよ。親は「かげろう蜥蜴ごときでめそめそと」なんて馬鹿《ばか》にしていたけどね。かげろう蜥蜴は特別に存在があやふやな領域に棲《す》んでいたんだろうけど、考えてみれば今世に在るものも、みな多かれ少なかれあやふやなバランスに在るものなんじゃないかと思うよ。何か一つの要因をずらしたり、入れ替えたりしたら、ふっと消えてしまうものはたくさんあるんじゃない。

話はまだまだたくさんある。彼の友人の話や彼の友人の友人の話。クラスメートの家に遊びに行ったら、その家がある一帯が、塀の内側で全部繋《つな》がっていて、迷宮になっていたとか、どこからともなく猪《いのしし》の群れが現れて町を横切って山の中に消えたとか、早起きして、朝一番の校庭にでたら、なぜか池のような大きな水溜《みずたま》りができていて、足で踏んだら、水溜りが跳ね上がって空へ昇っていったとか。オチのない小さな不思議の話。

私はせがんで美奥の話をしてもらう。聴いた話はノートに書き留める。記録して残しておきたいと思うのだ。

私は週に三日、保育園で保母さんの仕事をする。夏は自転車で町営プールに行く。時折縁側に狸《たぬき》が現れるので餌《えさ》をやる。

月に一度か二度、川で魚を釣る。長船さんと二人で淵《ふち》に糸をたれてじっと待つ。ソーセージや魚の燻製《くんせい》を作ってみたり、梅を漬けてみたりとのんびり暮らしながら、長船さんから聞いた美奥の話を書き留め続ける。美奥は神獣とか、獣人伝説のようなものも多い。なんだか遠野物語を執筆している柳田國男の気分になる。

狸に餌をあげている私の背後から、長船さんがのぞいた。

——昔ね、実家にモモンガがきたよ。ベランダのところに。たまにだけどね。

——モモンガって、あの空を滑空するやつ。

——そう。庭木を伝ってくるんだ。これは屋根に上ってみて気がついたことなんだけどね。まず庭に銀杏《いちょう》が生えている。そこから少し先に、街路樹のブナが生えている。そのブナの少し先にも大きな欅《けやき》が枝を広げているわけ。

街路樹はある程度の等間隔で、雑木林まで続いている。つまりモモンガは塒《ねぐら》の雑木林から、樹木や屋根を飛び移って、俺の家に来るんだね。

——何をしに？

——それはモモンガにきかないと。好奇心じゃないかな。冒険のつもりかも。人が山に登るみたいにさ。うちではモモちゃんという名前で、現れるとみんな大喜びして餌をあげていたよ。ピーナッツとか果物とかね。親がいうには、俺が産まれる前から遊びにきていたって。

長船さんは時折、夢想に入る。目を開いたまま静かに呼吸だけをして、身動きしなくなる。そんなときの長船さんに声をかけても返事はない。用事があるときは紙にメモを書いておいておく。買い物にいきますね、とか、冷蔵庫にケーキがあるよ、とか。また、長船さんは時折どこかにいなくなる。ちょっとぼんやりしてくる、とか、友達に会いに行く、といい残して一日か二日戻ってこない。モモンガのように冒険をしに出ているのでは、と私は睨《にら》んでいる。

国道沿いの青い道路標識板には、美奥まで四十キロという表示がある。私はまだ本物の美奥には行ったことはない。

雷雲が空を覆《おお》い、大粒の雨が町を濡《ぬ》らしている肌寒い午後だった。

長船さんは縁側の籐《とう》の座椅子《ざいす》で夢想から覚めると身を縮めた。

「あ、起きた。寒いの？」

本を読んでいた私がきくと、長船さんは首を横に振って呟《つぶや》いた。

「のらぬらが夢に出てきた」

「のらぬらって何?」

「知らないの?」

「知らない。何」

「何って改めてきかれると困るな。よくないもの。気持ちが悪いもの」

たぶん妖怪。

大昔の美奥に現れたやつで、化けると聞いたことがある。

けっこう言葉だけが一人歩きしていてね。

俺が子供のときだけど、たとえば外で遊んでいて、どこからともなく嫌な臭《にお》いがしたりすると、わあ、のらぬらがいる、逃げろ、なんていってみんなで走りだしたり。

そういえば、汚いとか、不快だ、を美奥の方言でいうときには、ぬらを付けたりするよ。〈ぬらい猫の死骸《しがい》が道にあった〉とか。当時はのらぬらという化け物がどこかに本当にいるのだとずっと思っていたよ。下水道や、じめじめした廃屋の裏に汚物まみれでさ。

「それがいったいぜんたい、どんな姿で夢に出てくるわけ」

「夢だから忘れたな」長船さんは苦笑した。「なんだか説明不能のごにゃごにゃした夢だったから」

私は冷蔵庫から林檎《りんご》をとりだすと皮を剝《む》いた。ふと、かねてより思っていたことに話を変えた。

「長船さん、今度、ギリシャに行きましょうよ」

「ギリシャ？」

そのぐらいのお金はある。二人で、二週間ぐらいの予定でのんびりと。

「そう、旅行で」

私は過去に二回ギリシャに行ったことがある。一度目は短大の卒業旅行で、二度目はOLの頃に友人たちといったのだ。アテネとエーゲ海の島しか知らないけれど、あの国には少しだけ土地鑑がある。

「まあギリシャでなくてもいいんだけど。どこかに行きましょうよ」

「旅行か」長船さんは頷《うなず》いた。「では今度ね」

きっとこの人は面倒くさいと思っているのだろうな、と頭の片隅で思った。私はただ海外旅行がしたいのではない。いつの日か長船さんのところを離れたときに、居候をしていたという事実の他に、共有できる特別な思い出があれば素敵だろうな、と思うのだ。

その晩はノートに向かい、のらぬらのことを記した。

《のらぬら》
大昔、美奥に住んでいた、汚らしいごにゃごにゃとしたお化け。汚物まみれ。

3

「お兄ちゃんの話ねえ？」

家を訪れた真知子さんは、大福をつまみながら首を傾《かし》げた。

長船さんは、病院に検査に出かけていて家にいない。私と真知子さんは長船さんの帰りを待つともなしに居間でおしゃべりをしていた。

「そりゃあ、半分ぐらいは嘘《うそ》なんじゃない。確かに、実家には裏庭があって、おばあちゃんが草花を育てていたけどね。肥料臭かったな。かげろう蜥蜴なんていたかな。お兄ちゃんはさ、昔からちょっと空想癖があるのよ」

「そうなんですか」

「そうそう。プレハブの話はした？」

「いえ。何でしょうプレハブって」

「あ、じゃあ、それは初耳？」

昔ね、実家の庭にプレハブ小屋があったのよ。なんでそんなものがあるのかよくわからないんだけど、とにかくあったの。私たちが本当に子供の頃は、叔父さんが、蚕を育てたりしていたみたいだけど、廃業してからは空き家になっていてね。

で、空いた途端に、待っていましたとばかりにお兄ちゃんがその床を使いはじめたのね。

お兄ちゃんはね、そこで――鉄道だかジオラマだかを作り出したのよ。

「ジオラマ？」

「いや私もよくはわからないんだけど、ミニチュアの模型に、プラモデルを置いて写真を撮ったりとか、電車を走らせたりとかあるじゃない。Nゲージとかいうの？　で、お兄ちゃんの興味はどちらかといえば電車やプラモデルじゃなくて、町だったのよ」

「ミニチュアの模型の町ですか」

「そうよ」

真知子さんは、それがまるでよくないことのように眉根《まゆね》を寄せて声を低くした。

「理想の町を作るんだってね。床一面に足の踏み場もないぐらいに作ったの。ここに家、ここに道、バスはこう通って、ここは駅で森。さあどうだって」

「すごい……」

「全然すごくないのよ、香奈枝さん。いやそういうのもさ、本格的にやればいいんだけどねえ。お兄ちゃんのはプラモデルのジオラマ用の草木とか、レゴとか……川原で拾ってきた石とかさ、接着剤で木片をつけて作った建物とか。他人にはよくわからないものを置いて、自分の中だけで納得しているのね」

あまり喋《しゃべ》らなくなって、とり憑《つ》かれたようにね。作っても、作っても、作り直して。現実逃避かしらね。学校では友達もあんまりいなかったみたいだし。

得意気に模型を指していうの。ここが俺の家だって。

「なんだか、楽しそう」

「気味が悪いわ。私は恥ずかしかったな。もう中学生だったしね。香奈枝さん、他人事だからそう思えるのよ。自分の身内だったら苛立《いらだ》つはず」

「結局、やめちゃったんですか？」

「そりゃあね。高校受験が近くなって、見かねた親が片付けたんだったっけな。それか、台風が来たときに水浸しになって駄目になったのかも」

真知子さんはそこでふといった。

「で、香奈枝さんはどうしてここにいるの？　って、あれ？　さっきも同じ質問したっけ。あ、あたしちょっとボケてる。それで美奥の話が面白いから書き留めているって、香奈枝さんが答えたんだっけね」

真知子さんは、もちろんボケてなどいない。楽しげだが目は笑っていない。

「だった、だった。じゃあ、書き留め終わったら、どこかにいなくなるんだ？」

私は言葉に詰まった。

「ううん、いいのよ別に。そういう意味じゃないんだから。お兄ちゃんも香奈枝さんが来てすごく助かっているからいいんだけどね。私がなんだかんだいうことじゃないし、私も話し相手がいて楽しいし」

しばらくして病院から長船さんが帰ってきた。

「いや、疲れた。あれ。真知子、来ていたの」

「さっきお兄ちゃんの話をしていたのよ」

真知子さんは立ち上がると、バッグをとった。

「帰ってきたばっかりで悪いけど。私、人と会う約束があるから、そろそろお暇《いとま》するわね」

真知子さんを玄関まで見送ってから、長船さんにからかうようにいってみた。

「長船さん、昔、町を作っていたんだって？　家の庭にあったプレハブ小屋で」

知られてしまったか、と長船さんは笑った。

「素敵な町なんでしょうね？」私はそこで腕を組んだ。「まさか、私によく話してくれているのも、その架空の町のこと？」

「そんなことないよ」長船さんの目が少し泳ぐ。

私はため息をついた。

「まあ、その町、ちょっと見たかった気もするけど」

間を置いて、打ち明けるように長船さんはいった。

「実は俺は町を持っている」

「そう」と、受け流した。町を持つ、という意味がよくわからなかった。プレハブ小屋で作っていたような町の模型を未《いま》だにどこかに持っているという意味か。

「その町に、行ってみる？」

「夢の中でね？」

「いやいや。道を歩いて」

「頭の中の想像の町に行く道？」長船さんが何をいわんとしているのかよくわからな

いまま、私は笑った。「行ってみたい。今度連れて行ってよ」

「いいとも。いつか誘おうと思っていたんだ。庭から行けるよ」

長船さんは真面目《まじめ》な顔でいう。

「明日の早朝行ってみようか」

「はいはい。じゃあ、起こしてね」


当然、最初は冗談だと思っていた。何気ない場当たり的な言葉の応酬。

長船さんは私をそっと揺り起こした。

静かな夜だった。何の物音もしなかった。虫も蛙も鳴くのをやめている。

行こう、と囁《ささや》く。

私は素早く服を着た。箪笥《たんす》の上に置いてある財布をとる。それで準備完了。お化粧もしない。

不思議と、なんの疑問も湧《わ》かなかった。

長船さんが行こうというなら、行かなくては、と思った。

春の夜更《よふ》けの菜の花畑を私たちは歩いた。

咲き乱れた菜の花が月明かりを反射している。

全《すべ》てが薄ぼんやりとした夜だった。自分の影を見ると二つあった。長船さんの影も二つ。

近いのか、遠いのか、一キロ歩いたのか、五キロ歩いたのか、夢心地だった私にはわからない。


夜明け少し前。

ポプラの木が立ち並ぶ中に踏み切りが見える。

線路は一本。やけに幅が狭い。農業用か。

遮断機は上がっていて、青のシグナルがついている。

線路を渡った向こう側には、朝霧に煙る家並みが見えた。

「ここだよ」長船さんが囁く。

4

瓦屋根《かわらやね》、優雅な曲線を描く真っ白な壁。迷路じみた石畳の小道。古い木造家屋もある。

雄大なハルニレや、銀杏《いちょう》の木、道にせりだした植栽。あちこちにアーク灯が立っている。どこか異国めいた雰囲気を感じる。絵本めいた、といってもいい。

春の夜明けに現れた町は、歩いてきた距離を考えると美奥ではない。漠然とした地理感覚では、箕影山のふもとあたりにいるはずだが、こんなところにこんな町があるとは知らなかった。

誰もいなかった。

夜が明け、大気に光が満ちていくと、町のあちこちがきらきらと輝きはじめた。

「ここは何というところ？　観光地？」

レトロな町の外観を、意図的に保存、復元したところではないのか、と思ったのだ。

「俺の頭の中にある町。そして君の頭の中にある町。いずれわかるよ」

噴水がある広場の近くの、一軒の白い民家の前に長船さんは立ち止まった。表札はない。儚《はかな》げな紫の花をいっぱいに咲かせた躑躅《つつじ》の木が、玄関前にたっている。

長船さんはノブを握るとドアを開いた。鍵《かぎ》はついていないようだ。

「長船さんの家？」

長船さんは頷く。

「別荘だよ」

ドアの向こうに廊下が続いている。廊下や下駄箱に埃《ほこり》は積もっていない。それなのに、誰かが住んでいる気配（たとえば土間に靴とか）もない。

「まあ、のんびり滞在しよう。早起きしすぎて眠いや。俺はちょっと眠るね」

長船さんは障子の傍に積まれていた座布団を枕《まくら》に寝転がり、すぐに寝息をたてた。

私は呆然《ぼうぜん》と座っていた。お茶の間のようなところだがテレビがない。絵がかかっている。大きな岩が転がった野原にオレンジ色の花が咲き乱れている絵だ。

どこかで雲雀《ひばり》が鳴いている。窓から躑躅の紫が見える。

眠っている長船さんを残して、外を散歩することにした。


午前中の少し冷えた空気が気持ちよかった。

建物や路地を覗《のぞ》きながら歩く。

小さな駄菓子屋があった。

店の前に百円のガチャガチャと、三十円のビデオゲーム。

子供の頃にはこんな駄菓子屋が近所にあって、よく友達と一緒にいったものだ、と思い出す。東京での少女時代。私の好物のあのお菓子、なんだっけ？　そう〈よっちゃんイカ〉だ。

看板はなく、入り口の上の壁に倉田商店とペンキで描かれている。中には入らずそっと覗いてみる。店内は薄暗い。電気代の節約なのだろう。日が昇っているうちは電気をつけないのだ。奥には座敷があり、お婆《ばあ》さんがいるのがちらりと見えた。

あまりにも子供の頃の駄菓子屋とそっくりなので、くすりと笑って離れた。

通学路だった、と思いだす。私の暮らした町では駄菓子屋の角を曲がって少し歩くと本屋があり、その先に小学校がある。

もっともここは違う土地だ。同じはずはない。それでも歩いてみる。

記憶の中と寸分違わぬ本屋があった。

家族でやっている小さな本屋だった。よく漫画を立ち読みしに入った。立ち読みが長いと、眼鏡のおばさんがはたきで牽制《けんせい》しにやってきたっけ。

ガラス越しに覗くと、レジカウンターに座って暇そうに読書をしている眼鏡のおばさんがいる。

この偶然は何だ、と眩暈《めまい》をおぼえながら、道を進むと小学校があった。

フェンスの向こう側、無人の校庭に空を過《よ》ぎる雲が影を落としている。鉄棒やのぼり棒、ジャングルジムの位置も同じ。

世の中にはよく似た地形と、ありふれた人々がいて……そうだ校門に学校名が記されたプレートがあるはずだ。それでわかる。

確認するために校庭のフェンス沿いに歩いた。

信じ難いことだが、校門には、二十年以上前に私が通った小学校の名前があった。

校門近くにあるお好み焼き屋まで再現されている。

地理的に二百キロは離れているはずだ。

私は時空を越えたのか？

今は西暦何年？

額に手をやって考えを纏《まと》めようとしていると、前方から私服姿の若い男女がやってきた。

十代の少年と少女。

男にも、女にも見覚えがある。

男はヨーベエ、女はサッチ。高校時代の同級生だった。二人とも、正確な実名ではおぼえていない。ヨーベエは、ヨウスケだったかヨウイチだったか……サッチは、サヤカ？

二人とも、表面上の薄い交流だけの学友だった。

ヨーベエとは高校一年のとき同じクラスになった。ゴールデンウィークが終わった頃、私は彼に告白された。

「ごめんなさい」と十六歳の私は交際の申し出を断った。

私が人生で最初に「ふった」男の子がヨーベエだ。特に好みのタイプではなかった。それにあまり話したこともなく、よく知らない男の子といきなりつきあうなんて、私にはできなかった。

ヨーベエは私にふられた一週間後にサッチとつきあいはじめた。

その後の高校生活でヨーベエが私に接近してくることはなかった。私が近くにいても、野外ロケ中の芸能人が、野次馬を透かして演技をするように、徹底して私を透かした風景を見ていた。私に告白した事実などまるでなかったかのようだ。サッチの方ともグループが違っていたからほとんど会話をしなかった。

二人とは駅までの通学路が一緒だった。おかげで何度か、仲良くおしゃべりしている二人の後ろを歩くはめになった。

サッチはいつも高い声で笑った。楽しくて楽しくて仕方がないという、初夏の紋白《もんしろ》蝶《ちょう》のような笑いだった。

　お弁当をつくってきたり、レコードを貸し借りしたり、気のあうクラスメートたちとホームパーティをしたり、ジャズのなんたらのコンサートや花火大会に行ったりと、二人は本当に楽しそうだった。ヨーベエもサッチも人に好かれるタイプの人間で、友達が大勢いた。

　はいはいお幸せに。勝手にすれば？

　彼らは、心の底からどうでもいい赤の他人で、何の関心もなかった。何も聞きたくないし、知りたくもない。私はふられたのではなく、ふったのだ。それで私が傷つくなどありえぬ話ではないか。

　それでも妙な不快感は次第に蓄積し、二人を見かけるたびに気分が悪くなった。私は彼らと歩く道が一緒にならずに済むよう通学路を変えすらした。

　あれから十五年以上経《た》っている。

　こちらに歩いてくるのは見紛うことなく十五年以上前のヨーベエとサッチだ。どちらか一人が似ているだけというならありえるが、二人一緒に瓜《うり》二つのはずはない。

　私にどんどん近づいてくる。

　冗談じゃない。今の自分を見られたくないと思った。

だが、彼らは当時そうだったのと同じく、私の存在をまったく視線に留めることなく通り過ぎていった。

私はしばらく呆然と立っていた。

泣きそうな気持ちでそっと振り返った。

椿《つばき》の木が薄い影を落としている静かな道があるだけだった。

目を戻すと、小学校も消えていた。

見知らぬ住宅街。何の物音もしない。恐ろしいまでに静かな町だ。

背筋が冷えた。


パズルのように、いくつかのパーツを組み合わせたら、目に見えない別の何かが立ち現れるということはありえる。時にはそれは形のない概念のようなもので、時にはかげろう蜥蜴《とかげ》のように曖昧《あいまい》なものだ。

私は漠然とこの町を理解しはじめた。

ヨーベエとサッチも、駄菓子屋も本屋も小学校も、この町自体が、かげろう蜥蜴と同じ種類のものなのではないか。私は朧《おぼろ》な影の町に入り込んでいるのだ。

「そう、君の考えはおおむね正しいと思うよ。確かにそれは本物の同級生じゃなくてね、君の記憶の影だね」

長船さんは、通りに面したカフェのテーブルでコーヒーを飲みながらいった。

「間違いない」

うろたえて来た道を戻ったが書店も駄菓子屋も消えていたので、途方に暮れていたところで、昼寝を終えてぶらぶらと散歩していた長船さんに会ったのだ。

「今まで、二人のことなんて思いだしたこともないのに」

「災難だったね。まあいいじゃない。このカフェだって、俺が大阪で働いていたときに、職場の近くにあったカフェだよ」

「目の前にいる長船さんも幻だったりして」

「いや、そんなことはない。安心して」

長船さんはそういうが、幻の長船さんが、そんなことはないといっているだけ、という可能性はなきにしもあらず。

「なかなか用心深いね。この町はね、入った人の影響を少しばかり受けるんだよ」

「入った人って私？」

「と、俺。別に俺たち二人だけじゃなくて他にもたくさん住人はいるよ。そういう人たちの心の影響を受けるんだ」

地形的な意味で、町自体の基本の骨格みたいなものや、不変の場所はあるけれど、それ以外の部分は、流れ行く雲みたいに変化しているんだよ。

別に害はないんだ。

本物じゃないんだから。影さ。話しかければ答えてくれるかもしれない。でも夢の中の会話と同じで、本物の彼らが話しているわけじゃない。

「え、でも」なんというべきか。「なんでそんな……」

「知らない。仕組みとかは。ここではそうなんだ。それだけ」

「このカフェが昔通っていたカフェなのだとしたら」

私たちが今飲んでいるこのコーヒーは本物のコーヒーなのかな？

「それはねえ、難しいんだよね」長船さんは考え込んだ。「今ここにあって、見て感じるぶんには本物だよ。そう、本物と変わりない。でも外側に出て離れてしまったら、本物ではなかったのだと思うかもね」

躑躅の紫が目に入ると、無事に帰れたと胸をなでおろす。

「この家はとりあえず不変だから大丈夫だよ」

長船さんはドアを開いた。

「最初は迷ったり、驚いたりするだろうけどそのうち慣れるよ」

5

私は朝起きると町のあちこちを散歩した。

車やオートバイが走っていない。自転車もない。道路標識もない。

長船さんのいう通り、時折、懐《なつ》かしい風景、憶《おぼ》えのあるものが現れては消えていく。五分前にあった建物がなくなったり、知らない路地が出来ていたりするから、やはり迷った。でも、そういうものだと知ってしまえばうろたえない。

基本の町（町の不変の骨組み）自体は、とてもよくできていた。日本風でも、アジア風でも、西洋風でもある。それらがうまい具合に混じりあっている。生活を抱えている人間が集合し、カオス的に出来た町というより、作者がいて意図的に作り上げた印象を受ける。建物のほとんどは無人で代わりにバルコニーから薔薇《ばら》が咲き乱れた煉《れん》瓦《が》の塔があったりする。そうしたものを目印にして歩く。

私と同じ滞在者に出会った。公園を散歩していると話しかけられたのだ。彼はイーゼルにカンバスを出して公園の絵を描いていた。

「嬉《うれ》しいね」絵描きはいった。「いやなに見ていたらすぐわかったよ。きょろきょろとあたりを見回しているし、服なんかのセンスもイマドキの人のだからさ。どうやって来たの？」

「友人が連れてきてくれたんです」

「長船さんかい」

「え、どうして」

「俺もあの人に連れてこられたからさ。あの人はここの王様だ。ボスだよ。いや神様かな」

「そうなんですか？」

「そうだよ。ここには長船さんが招待した人しかいない」

絵描きは笑って、小指をたてて、あんたボスのこれかい、ときいた。私は首を横に振る。

カンバスには赤や青や緑が塗られている。彼は森と小鳥の絵を描いている。

「絵描きさんですか」

「いやいや、ただ暇つぶしで描いているだけ。まあ絵を描いたり……ほとんど何にもしていないかな。いい公園だろう。神戸に三十年前にあった公園なんだ。現実の神戸にもまだあるけど、今はもう全然違う場所、下品で人工的な場所になっているけどね」

池の向こうの杉並木から、二人の男女が歩いてくる。絵描きはそれを見て目を細めた。

「ありゃ、俺の親だよ」

歩いてくる二人の年齢は、男と同じか、場合によっては年下に見えた。

「ここで絵を描いていると、時々家族がやってくる。五年前に死んだ父親とか、四年前に死んだ母親とかね。死んだときより若い姿で。俺は親不孝な子供だった。家族も俺のことを嫌っていた。いい年こいてろくに働かず、金の無心しかしなかったからね。顔を見てりゃわかるんだ。嫌われたらそりゃ腹立つじゃない。それでますます金の無心しかしなかった」

絵描きは呟《つぶや》く。

「別に会いたいと思っていない。でも勝手に現れる」

ヨーベエとサッチのことがあったので、私には彼のいうことは理解できた。絵描きがどんな気持ちで死去した両親を見ているのかはわからないが、感動のご対面などではないのだ。

「話します？」

「いいや。影と話したって意味ないもん」

絵描きの両親はこちらに歩いてきたが、絵描きには一瞥《いちべつ》もくれない。絵描きはくっと顔を歪《ゆが》ませると、唐突に傍にあったペン立てを摑《つか》み、父親に投げつけた。

ペン立ては宙を飛び、父親を通り抜けて地面に落ちた。その効果のおかげなのかわからないが、父親と母親の像はゆらりと揺れて、色を失い消滅した。

絵描きのそばを離れ、散歩を再開する。

一匹の犬が路地を走りぬける。かなり時代遅れのファッション――昭和の中ごろの邦画のヒロインのような髪型と格好をした女が、街角で誰かと話している。

これらも、ここに滞在している誰かの記憶なのだろう。きっと犬はもう死んでしまった飼い犬。女もまた誰かの記憶にあるだけの女性。

道の先にあいつを見た。

ほんの一瞬だったが、間違いない。

私はさっと顔を逸《そ》らした。

ヨーベエやサッチなどとは比べものにならないほど会いたくない人間。名前を思い出すだけでおぞましい気分になる男。

あいつに背を向けると走った。追いかけられているような気がする。

まさか、あいつは追いかけてなどこない。

それでも足早になるのは、幻とはいえ少しでも距離を置きたいからだ。

息を切らせて紫の躑躅の家にたどりつく。

ここの玄関には鍵がない。これまでさして気にしなかったが、今それがすごく気にかかる。


事件は六年前の七月三日に起こった。

二十七歳のブティック経営者、小田原清司が二十六歳の会社員、浦崎透に暴行を働き、死亡させたのだ。

二人は同じ大学を出た友人同士だった。

浦崎透は小田原の妻と不倫関係にあった。

私は殺された会社員、浦崎透の妻だった。

私の夫――浦崎透は、よく男友達と家で酒を飲みながら〈自分がいかにもてるか自慢〉をしていた。学生時代につきあっていた女が中高生向けファッション雑誌に時折登場するモデルだったことにはじまり、童貞は中学校一年生のときに美人教育実習生に奪われたとか（向こうからホテルに誘ってきたのだそうだ）その種類の諸々《もろもろ》のことだ。

もちろん、自分にはそれだけ魅力があるのだ、といいたいのだが、そりゃあいい思いをして羨《うらや》ましい、と友人連中が返せば、夫は、「そうか？」と顔をしかめてみせた。

「だってさあ、たいがいロクでもねえのばっかくるんだもん。だから俺、最初に約束させんの。相手してやってもいいけど、絶対後からしつこくはすんなって」

強がりや、冗談も混じっていただろうが、男友達が来ると、一夫多妻制や、フリーセックスを信条のように語っていた。

「男の浮気は甲斐性《かいしょう》。しない奴《やつ》は、したくてもできないだけだよ」

「ちょっと」私が怒った風に顔を歪めると、

「カタい、カタい」と夫はいった。「男ってそういう生き物なんだって。本当に良い妻はそのへん理解するでしょう。外で何をやったって本気になって家庭を捨てたりしなけりゃそれでいいんだからさ」

女の気配はあった。結婚当初からあった。

もっとも夫はマナーとしてできる限り自分の浮気を家に持ち込まないようにしていたし、私もできる限り見ないようにしていた。

透は顔も稼ぎも悪くはなかった（もっともそれは私の基準であって、両方とも素晴らしく良い、というわけではなかった）。女癖と、自分を大きく見せるための嘘《うそ》を常習的につくことを抜かせば、それほど嫌らしい人間でもなかった（これも私の基準では、だけど）。むしろ人気者の自慢の夫だと優越感をおぼえることもあった。物事が全《すべ》て自分の理想どおりになるわけはない。そこを突っ込めば全てが崩壊する。謎《なぞ》の朝帰りも、謎の小旅行も、謎のまま詮索《せんさく》しなかった。

小田原と夫は大学では、テニスやらスキーやらをやる同じサークルに所属していた。卒業してからも二人は仲がよく、小田原はよく私たちのマンションに遊びにきた。

小田原がブティックを開店したときには夫婦で開店お祝いにいった。小田原の親が持っている海辺の別荘を、夏の期間貸してもらったこともある。

小田原は体育会系で陽気な男だった。酒好きで、なかなか酔わなかった。その気になればどこまでも飲めると豪語していた。下品な冗談をよくいったが、話していると、少し純情にすぎやしないか、と思う根の真面目《まじめ》さがぽろりと覗《のぞ》くこともあった。

いつだったか小田原と夫が学生時代所属していたサークルについて私がきいたとき、彼は苦笑しながらいった。

「いやいや、勘弁してくださいよ。そんなもの、透の奥さんにはいえたもんじゃないですよ。うちらのサークルはドッロドロでしたから」

「ドロドロとは？」

「人生やり直すなら、あのサークルにはもう入りませんね。心が穢《けが》れちゃうから。まあ、みんな若かったということで」

私はそれ以上きかなかった。ドロドロの意味はなんとなく想像がついたし、詳細を知りたくもなかった。

事件の後、警察は夫の押収物から情報を引き出し、知りたくもない夫の複数の女性関係を私に教えた。透は殺された時点で、確実なところで三人の女と性的な関係を保っていた。そのうちの一人は小田原の妻、もう一人はかつて私も働いていた会社の入社二年目の部下、もう一人はナンパして出会ったとおぼしき十九歳の女の子。

本気にならなければいいのだという夫の言葉を思い返すと寒々しかった。全ての人間は本質的に赤の他人であり、性愛に本気もくそもない。ただ欲望と錯誤と結果があるだけなのだと私は知った。

目撃者によれば、透と小田原は街中を歩いていたが、唐突に小田原が透を殴ったという。

透は吹き飛び、たまたま背後にあった銀行の駐輪場の自転車を下敷きにして倒れた。

小田原は走り寄ると、飛び膝蹴《ひざげ》りを放った。

小田原の体重は八十五キロ。重力も加算された飛び膝蹴りは透の顔に当たった。

透の背後に倒れていた自転車のハンドルが、悪い位置で首につっかかっていた。首に与えられた衝撃は逃げることなく、透の首の骨は折れた。

血の泡を吹いたという。

小田原はそのまま逃げ出し、行方をくらました。

警察は小田原と私が共謀した可能性を疑っていた。透には生命保険がかかっていて受取人は私だった。だが事件を検証すれば、さしたる疑惑でもなかった。

私におりた生命保険は常識的な額でしかなかった。小田原の白昼の犯行は、計画性とは程遠く、明らかに衝動的なものだった。

まさか身の回りで殺人事件が起こり、その被害者が自分の夫になるとは。これこそ実に、まさか、だ。死んでしまえば責めることも許すことも起こりえない。

私は透にはじめて食事に誘われたときのことや、一緒に過ごしたたくさんの休日、新婚旅行のことなどを思いだしながらアルバムや遺品の整理をした。

唐突に心臓がばくばくとしてパニックになったり、一日中何もする気が起きなかったり、食欲が失《う》せて体重が激減したりと、私は大きく混乱した。

このままでは健康を損ない続け、死ぬかもしれない。私は忘れる努力をはじめた。

被害者の妻である私に、誰もが同情の視線を向けたが、その視線にはいくらかの侮《ぶ》蔑《べつ》も混じっていた。

――ほおら、あの人の旦那《だんな》はダブル不倫してその相手の夫に殺されてしまったのよ。それはまあ自業自得かもしれないけど、奥さんはかわいそうよねえ。

――ああら、奥さんだって何やっていたのかわからないわよ。仮面夫婦っていうの？　いやあねえ。

私は身辺整理を済ませ、その土地を離れた。

清浄になりたかった。清浄な空間で清浄な日々を送りたかった。

6

石段を下りていくと、大理石の広場に出た。無数の水路が中央の池に流れ込んでいる。

池には、睡蓮《すいれん》がぽつぽつと浮かんでいた。

帽子をかぶった太鼓腹の男が一眼レフのカメラを構えて、あちこち撮っていた。

双子らしき男の子が毬《まり》で遊んでいた。広場にいるのは私を抜かせば三人だけだ。

男の子の一人が毬を宙に蹴り上げると、もう一人の男の子が足で受け止め、蹴り返す。

毬は地面につかずに、宙を往復する。

動きに焦《あせ》りや緊張を感じない。優雅に舞っているような動きだった。

見とれている私のところに、蹴り損ねた毬が転がってくる。

「めちゃくちゃ上手ね」

といって投げ返してやると、一緒にやろうと誘われた。

ぽん、と毬が向かってくる。私は左右に別れた双子のうち左手にいるほうに飛んできた毬をはじいた。足で受け返すなどという器用なことはできないが、私は中学生の三年間、バレー部だった。

一人がふわり、と宙を舞い、頭ではじく。はじかれた毬をもう一人が腿《もも》で受けとめ、私に向かってやさしく蹴る。

なんだか重力が消えてしまったみたい。何も気にしないで生きてきた子供の頃のことを思いだす。

心地よい汗をかき、疲れたと腰を下ろすと、一人が毬を指で回しながらきいた。

「おばさん、旅行者？」

私は頷《うなず》いた。

「あなたたちは、地元の人？」

「ううん。俺らも外から」

「親分と一緒にきたの。もうすぐ帰るけど」

二人は幸せそうに笑った。

「あそこの池にでかい魚がいる」

中央の池を指差す。

「草魚だよ。草を食べるんだ」

「あれは花を食っているから花魚だ」

「花を食っても草魚は草魚だって。じゃあ虫を食ったら虫魚かよ」

「むきゃあっ」

池を覗くと、確かに一メートルを軽く越す鯉《こい》に似た魚が底のほうを泳いでいた。

太鼓腹の男がカメラを向けると、私たちの写真を撮った。

遠くから長船さんが歩いてくる。私は手を振った。長船さんは太鼓腹の男と親しげになにやら話していた。


私と長船さんは並んで散歩をした。蛇行した川の傍にある真っ白な建物の石段を登る。建物は橋になり、川を渡り、薔薇《ばら》のアーチをくぐる。丘には一面に黄色やピンクの花が咲いている。

「長船さんもここで誰かに会う？　懐《なつ》かしい人とかに」

「そりゃあ、会うよ。会ってね、懐かしいなと思う。とはいっても、見たままの人間はもうどこにもいないんだよな。生きている人なら、本物は現実のどこかにいるだろうから、今頃どうしているかなと思ったり」

「嫌な人にも会う？」

長船さんの体が、陽光を帯びて輝いている。道も、街路樹の葉も、みんなきらきらと光を放っている。

今日はなんて素敵な一日なのだろう。

長船さんは微笑《ほほえ》み、静かにいった。

「会うよ。まあ嫌な人は嫌だけどね」

通りすがりの年配の女性が、ぺこりと頭を下げて長船さんに挨拶《あいさつ》をする。この人口は多くはないが、影以外はみな長船さんに挨拶をする。

「不思議なところでしょ」

長船さんは町の成り立ちを説明した。


いつだったかな。

プレハブ小屋で模型の町に熱中していたころのことだから、だいぶ前だ。

学校帰りに、山に登ったんだ。

本当にただ、思いつきみたいに山道に入ってね。模型の町に使うのにちょうどいい材料を探すつもりだったけれど、歩いているうちに頂上を目指そうという気になった。

最後のほうでは岩壁をロッククライミングみたいにしてよじ登ったよ。学生服姿で、教科書の入った鞄《かばん》を持っていた。鞄は、岩を上るのに邪魔だったから崖《がけ》の下に置いた。俺は町を見下ろす岩棚に上がり、そうしてそこでじっとしていた。太陽が背中を焼いた。

山に登ったり高いところに立つと、悩みがちっぽけになる、というじゃない？　俺はあまりそういうのって感じないんだ。体を動かして汗をかいて景色が良くていい気分、というただそれだけのことだろう？　別に悩みが消えるわけでもない。でもその時はね、なんだか妙な感じだった。本物の町を見下ろしていると、プレハブで自分が作っていたものが、情けないほどつまらなく思えてきてね。ああ、俺は何をやっているんだってね。現実の世界ってすごいね。やっぱりね。

空が鳴ったよ。

町の彼方《かなた》の上空に、厚い雲があってその下が薄暗くぼやけている。ああ、向こうのほうでは雨が降っている、と俺は思った。

ばさばさと梢《こずえ》が揺れる音がして、首を巡らすと、鴉《からす》がいた。

鴉は俺を見ると、一回鳴き、それから飛び去った。

去った後に、ピンポン球より少し大きい碧《あお》い珠《たま》が転がっていた。

推測だけれど、鴉はどこかで珠を見つけて拾ってきたんだ。ピカピカ光るものを集めるというからね。巣の近くでちょっと降りてみたら、いるはずのない人間がいたのでびっくりして、宝を置き忘れて去った、という感じだった。

——鴉の宝物。

俺はその珠を手に取った。

妙に軽い。

薄っすらと輝いていて、顔を近づけると中に青空があった。

光のあて具合で、オパールのような色にも、深い海の色にもなる。小さな珠の中を雲が動いていた。デパートで売っている、中で雪が降ったり、小魚が泳いでいたりするガラス玉があるだろう。クリスマスプレゼント向きのやつ。あれかな、と思った。でも中の青空は本物のように見える。

俺は吸い込まれるようにその珠を見続けた。実際、吸い込まれてしまったのかもしれない。

深く濃い青空の下には荒野があった。

そこに立っていた。

もう一度空が鳴って、我に返った。

青空の珠はなくなっていた。

どこかに転がったかと見回したけれど、見つからない。

ぽつり、と頬に小さな雨が一粒落ちる。遠くにあった雲はいつの間にかこちらにきている。


それから青空と荒野の夢を見るようになった。あの碧い珠が胸の中に埋め込まれてしまったようだった。

俺とこの土地が繋《つな》がっていることが実証されたのは、高校二年生の夏だ。

夜明け前に目が覚めて、ジョギングでもしようかと思って、なんとなく外に出た。とぼとぼと歩いていると、いつの間にか荒野にいた。

迎え入れられたような気がした。

最初は草が生えているだけのだだっ広い土地だった。

外ではただの高校生。でもそこでは、俺は創造主だった。魔法使いのように片手を振り、好みの家を建てた。指を鳴らすと街路樹がにょきにょきと生えた。歌を歌うと石畳ができた。

当然のように町を作りはじめた。

木を植え、道を作り、階段を作り、大理石の柱を置いてみた。

いったん作ったものは生命を吹き込んだみたいに勝手に成長していくものもあったし、意識していないと枯れて――つまり消滅してしまうものもあった。

作って、飽きたら作り直して、気に入らなかったら消して。

俺の人生の大半はこの町を作ることに捧《ささ》げられた。長い時間をかけて作ったんだ。

「そんなわけで、この町は、鴉のくれたガラス玉の中にあるんだよ」

「本当に素敵な町よ」

心の底から私はいった。

「公園で絵を描いている人は、小野さんというんだ。十年も前に会ったんだけどそのときはホームレス同然の人だった。気立てのいい人だったから、いいところがあるといって招待したんだ。俺、自分の作った町を誰かに見てもらいたかった」

長船さんは続けた。

「そうしたら入った人が町に影響を及ぼすことに気がついた。一時的に景観が変わったりね。最初は自分の芸術を他人が汚したみたいな不快感もあったけど、じきに慣れたよ。俺が見たことのないものが現れる。面白いね」

「住んでいる人は、みんな長船さんが招待したの？」

「一部の人を除いて、ほとんどはそうだよ」


後日、私は駅を発見した。私が今まで見た駅の中で一番小さな駅だ。柵やフェンスのようなものはない。駅名もない。線路とホームの高低差が三十センチほどしかない。テーマパークの中にでもありそうなレール幅の狭い線路は、森の中へと続いている。

ホームには、いつか池のある広場で見た親子連れがいた。太鼓腹の男はバッグを下に置いている。

双子は私を見つけると手を振った。

「どこに帰るの？」

「親分の家」

「美奥ですよ」太鼓腹の男がいった。「良いところだからあなたも一度来たらいい」

「列車はいつ来るの？」

「しかるべきときに」

双子の一人が親指を立てた。

「しかるべきときに来たら、乗ってね」

「叱《しか》らないで」もう一人の双子の顔が曇る。

やがてかわいらしいトロッコ列車が現れた。どこかの遊園地から払い下げたようなやつだ。三人は貨車に乗り込む。

列車は動き出し、森の中へと消えていった。


家の隣には蔵があった。家と蔵は屋根つきの通路で繋がっていた。蔵には封をした大きな甕《かめ》が一つ置かれていた。

「何が入っているの？　お酒？」

「美奥に大昔から伝わる――生命に関わる薬だそうだ」

「だそうだ？」

「人から預かっているだけだから。ほら、あの双子を連れていた太ったおじさんいただろう、あの人から。ここなら誰も盗みに来ないだろうから預かっておいてくれって」

古い黒い甕は奇妙な気配を放っていた。好奇心から傍でよく見てみようと足を踏み出したが、すぐに胸苦しくなり、とりかえしのつかないことが起こるような得体の知れない不安にとらわれて、私は静かに後退した。

「正しい反応だ」

「命に関わる薬って、何の薬?」

「クサナギといってね……きいたところによると、それを飲むと、他の生き物に変身するんだって。犬に飲ませたら猫になるとか」

「まさか」

「まさかねえ」

長船さんは蔵の扉を閉めた。妙な気配も遮断されて、私は少し安堵《あんど》した。

ふと長船さんが、帰ろうか、といった。

私はいつまででも、この町にいてよかったけれど、長船さんが帰ろうというのだから、もう帰る時機なのだな、と思った。

来たときと同じように、明け方の踏み切りを渡り、菜の花畑を歩く。

あたりが夜明けの光に満ちていく。

強い春風が木々を揺らしている。

7

不思議な町から戻ってきて、一ヶ月後に長船さんは自宅から四十キロ離れた総合病院に入院した。

病室には真知子さんや、長船さんの遠縁の従兄弟《いとこ》がお見舞いにきた。私は長船さんの家を出て、病院の近くのアパートを三ヶ月契約で借りた。

長船さんのいない長船さんの家に私が住むのは不自然だし、抵抗があった。

「無理しなくていいのよ」真知子さんは、何度目かのお見舞いの帰りに病院の近くのレストランでいった。

無理にお見舞いにこなくてもいいのよ。あなたは長船美津夫の妻ではないし、赤の他人なんだから。

「無理なんてしていません」

「香奈枝さん、あなたは」真知子さんは頬の端を歪《ゆが》めて「やっぱいいや」といった。

少しの沈黙があった。私はモンブランに入れたフォークを止めて口を開いた。

「大切なことだから、いっておきます」

「なあに?」

「私はその……友人として……ただお見舞いをしたいだけなんです」

遺産とか、お墓の話とか、そういったことに首を突っ込む気は毛頭ないのです。

真知子さんは私の顔をじっと見て、「ただお見舞い、ね」と呟《つぶや》いた。「ただ友人として、ね」煙草《たばこ》を取り出すと、一本くわえて火をつけた。

「それは本当にありがたいわ。香奈枝さん。兄も喜んでいるもの」


長船さんは、病室のベッドの上で、私に握った手を差しだした。

「今朝、これが出てきてね」

指を開くと、碧い珠があった。

最初私はそれがなんだかわからなかった。

不思議な町で過ごしたことは、春の夢のように感じていたのだ。家に戻ってきてから、私たちはすぐに昼寝をしたのだが、ごうごうと風が木を揺らす音で目を覚まし、日付を確認すると、家を出た日から一日しか過ぎていなかった。ただただ暖かい幸福感だけが胸の中に残っていた。

私たちは日常に戻ってしまうと、ほとんどあの町のことは話さなかった。

「これは」

長船さんが子供の頃に岩棚の上で見つけた碧い珠。

「誰かに受け渡す時機なのかもしれない」

私はそっと珠を手に取った。珠の中には確かに青空があった。その下には町。長船さんの町。私の手のひらに溶けるように珠は消えた。

外は晴れていたはずだけれど、どこか遠くで雷が鳴った。

「もう君のものだ」

長船さんは静かに私を見ていた。

「そんな、返さなきゃ」

私は手を握ったり開いたりしてみたけれど、碧い珠は出てこない。ないものは返せなかった。

「返せるものなら、だね。あげたんだよ。さて……行こうかね」

「どこへ？」

「実は一時的に退院の手続きを済ませている。最初の手術も終わったからね。良くなったわけではないけれど、しばらく自宅療養。でも、自宅には行かない」

「どこへ？」

長船さんは私の目を覗《のぞ》き込むようにして、笑みを浮かべた。

「あの町？」

「大丈夫。結局はその珠の中にある世界だから。行きたいと思ったら行けるよ」


また夢見心地な時間が始まる。

私は着替えた長船さんと二人で病院の外に出る。長船さんは伸びをした。

私は道も知らぬまま、ただ歩いた。車の音が遠ざかり、外気が微《かす》かに甘くなる。どちらに行けば辿《たど》り着くのか自然にわかる。

「ギリシャに行きたかったね」

「そうね」

「世話になったね」

「よしてよ」

私は歩きながら長船さんと初めて会ったときのことを思いだした。

旅行中だった私は、川に落ちてしまったところを長船さんに助けてもらったのだ。

自殺しようとしたわけではない。本当にただ滑って落ちたのだ。

数年前のそのとき、私は岩の上から谷川の淵《ふち》をぼんやりと眺めていた。あたりは沢の音に満ちていた。

ふとまだ自分が結婚指輪をしていることに気がついた。なんでこんなものをいつまでもしているのだろう。どこかで捨てようと思っていたが、ゴミ箱に捨てるのも忍びない。誰かにあげる気もしないし、欲しがる人間もいないだろう。

そうだ、この淵に捨てよう。唐突に思いつき、実行した。安っぽい芝居のようだけれどロマンチックな気もした。

指輪はすっと蒼《あお》い淵に沈んでいき、見届けようと思わず身を乗りだしたところで、苔《こけ》でずるりと足を滑らせた。

水面がぐんっと、迫る。

五月だった。水は冷たかった。どぶりと深みに沈んだ。

やばい、やばい。頭の中にあったのはそれだけだった。タイタニックごっこなんかするんじゃなかった。やばい、やばい。

水流が全身を撫《な》で回す。

パニック気味に水を掻《か》き、水面に向かう。僅《わず》かな間のことが、スローモーションの記憶として残っている。

もがくとすぐ足の立つ場所にいけた。私はざぶざぶと川原に上がった。全身から水が滴《したた》る。服が水を吸い込んで体が重い。動悸《どうき》が激しい。靴は片方水の中で脱げてしまって、うまく歩けなかった。

愚かだ愚かだ、と薄々気がついていたが、自分はここまで愚かであったのかと、ほとほと嫌気がさして涙がでた。温泉に行こう。宿に乾燥機はあったかしら。

ずぶ濡《ぬ》れの私に声をかけてくれたのが、山菜をとりにきていた長船さんだった。

——君、大丈夫。

——綺麗《きれい》な淵だと思って眺めていたら足を滑らせてしまいまして。

——そりゃあ、大変じゃない。

長船さんは、すぐに私を車で温泉に連れていき、それからコインランドリーにも案内してくれた。それから二人で夕食を食べて、家はどこかときかれて、家はないと答え、それから、それから……時は流れたのだ。

「楽しかったよ。コメディみたいで」

長船さんはいう。

「最初から最後まで楽しかった」

「よしてよ」

そんないい方。

初夏の葉を茂らせたポプラの木。薄暗い線路と踏み切り。遮断機は上がっている。シグナルは青だ。

向こうに見えるのは、この世界の一つ奥にある美しい町。

二人で春の夢を過ごした家にまっすぐに向かった。玄関先の躑躅《つつじ》は花の季節を終えていた。

私は長船さんがそこで何をするつもりなのか知らなかった。あくまで漠然と、したいことをすればいいと考えていた。病院で静かに寝ていれば治る病気でもない。長い闘病生活の末に、回復の見込みなく息をひきとる病気だ。夏の間、しばらくここにいて病院に戻るもよし。残された時間をここで過ごすもよし。先のことを想像するのは怖かった。ただ今があるだけだった。

長船さんは家の前の通りにある白樺《しらかば》の木陰に揺り椅子《いす》を出した。通りには誰もいない。

「香奈枝さん」

満足気に椅子を揺らすと、私に視線を向けた。

「万事準備完了。人間はいろいろなものから影響を受けるけれど……君は、俺から影響を受けたらいけないよ」

「何の話？」

「美奥に行くといいよ」会話は嚙《か》み合っていない。

「俺はいい加減で、自己中心的で、そしてそれを恥じない人間だ。五歳の頃に、心地よく生きることを人生信条に決めたんだ。夢の中でまた夢を見よう」

「ここで昼寝をするのね？」

私はそういって踵を返した。物好きなことだと思ったが、ここは長船さんの町なのだからどこで寝ようと勝手だ。

それが彼と交わした最後の会話だった。


一時間ほどして紅茶を入れてから、そろそろ起きたかしらと外に様子を見にいくと、長船さんは座ったまま死んでいた。肌は青白く、頰や腕の毛穴から黒っぽい黴《かび》のようなものが浮き出ている。揺り椅子の脇《わき》に空の瓶が落ちていた。

私は揺り椅子に腰掛けた長船さんをぼんやりと見た。ああ、そういうつもりだったのか。全身から力が抜けた。この人は最初から闘病するつもりなどなかったのだ。どうして気がつかなかったのだろう。いや薄らと気がついてはいたが、思考から逸《そ》らしていたのか。

わざわざ外に出たのは家に死体があったら気味が悪いだろうという私への配慮。いい加減ではあるが自己中心的だとは思わない。

心地良さそうな死に顔をしている。その言葉通り、夢の中で夢を見て、遥《はる》かに遠いところへ行ってしまった。

「別に家にいたっていいんだから」

野晒《のざら》しが望みというわけでもないだろう。

私はため息をつくと、揺り椅子をずるずると引いて家まで戻した。

埋葬について考えたが、ほとんど使っていない蔵に揺り椅子ごと長船さんを入れておくことにした。

長船さんは蔵に仕舞っていた甕《かめ》の中のものを飲んだのにちがいなかった。蔵の閂《かんぬき》についていた南京錠《ナンキン》は外れていたし、埃《ほこり》の堆積《たいせき》した床には、長船さんの靴跡と一致する足跡がついていた。

別の生き物になるという話が頭に残っていて、万が一を考えると埋めたり焼いたりすべきではないと思った。

湿気た風が強くなり、午後から雷雨になった。


私は数日のうちに一つの町の崩壊を見た。

空はいつも曇っていた。

嵐が続いた。

朝も昼も夜も、雷鳴が轟《とどろ》いた。

大理石の広場にあった池は渦巻き、魚と共に空へと巻き上がっていった。立ち並ぶ建物は、瓦礫《がれき》と砂になり、風に吹かれて形を失っていく。

砂煙。

猛烈な砂煙が地表を撫でると、木は枯れ、花は花弁を散らし、煉瓦は土に戻る。

絵描きのおじさんや、他の人たちの姿はない。嵐がはじまってから異変を感じて去ったか、どこかに飛ばされたか。

長船さんが世界に与えていた大きな影響が消えていく。どうすることもできない。

風が弱まり、分厚い雲間から光が差したとき、そこにあるのは見渡す限りの無人の野原と、長船さんと夢の休暇を過ごした家だけだった。

8

荒野は遠い山脈のふもとまで広がっている。

草と、ごつごつとした岩と、ぽつぽつと間隔をあけて立つ木。大量の瓦礫。白や黄色の野の花に、飛蝗《ばった》と虻《あぶ》。

照りつける太陽の下を、砂漠の遭難者か、ゾンビ映画のゾンビのようなものが動いていた。

私は目を凝らした。

怪物だった。

そいつの顔には赤や紫の血管が浮き出て、口はすねた子供のように尖《とが》っている。両目は暗く濁《にご》っていて、背丈は二メートルを越すが、ずいぶんな猫背で、腰を曲げて歩いている。

私は石を拾うと投げつけた。

石は怪物にあたる。怪物の額から、黄色く濁った液がどろりと流れる。

もおん、と怪物は鳴く。涙目で私を見ると、挑発的な侮蔑《ぶべつ》の笑みを浮かべ、よろよろと離れていく。ほんの一瞬、その顔はかって知ったる人の顔――小田原清司のものになる。

凄《すさ》まじい不快感と、背筋に冷たいものをおぼえながら、私は立ちすくんだ。


夫を殺害して逃亡した小田原清司を私は探した。夫と小田原の共通の友人、知人に順番に電話をかけた。誰もが、お気の毒に、でも小田原がどこにいるのかは知らない、と答えた。もしも小田原の所在がわかったら電話を下さいと、一人一人に頼んだ。

小田原の妻は長野の実家に戻っていた。電話をかけても、出られませんという家族の冷たい返事があるだけだった。精神が不安定なので出られません。

私は小田原が住んでいた家の周囲を歩いてみたり、逃亡者が行きそうな安宿を覗いたりした。

事件から一ヶ月もしないうちに、小田原は横浜であっさりと逮捕された。

酒場で知り合った二十歳の専門学校生の女に、小田原はキャッシュカードと暗証番号を渡して、ATMから現金を引き出すように頼んだのだ。金が必要になったが、キャッシュカードが使えるものかどうかわからない。使えばカメラに証拠が残る。自分と関わりのない女に頼んで、試してみようとしたのだろう。

警察に電話した。

女は男友達に、犯罪めいたことに巻き込まれかけていると電話した。その男友達は

裁判が行われ、私も法廷に出向いた。

腰縄と手錠をかけられて現れた小田原は少しやつれていたが、落ち着いていた。

弁護士と相談したのであろう、殺意はなかったのだと強調した。

痴情のもつれが背景にありながらも、暴行に至った直接の原因は、麻雀《マージャン》の借金を巡ってのいい争いだったという。

その日、麻雀でツケになっていた小田原の借金を透が一万円多く請求した。金額がおかしいと小田原はいった。

〈あ、そう？　それは……ちょっと利息とか、このあいだのタクシー代とか〉

〈金のことは、はっきりしようよ〉と小田原が主張すると、〈おまえ親が金持ちのくせに、案外ケチくさいのな〉と透は返したという。

透らしい台詞《せりふ》だと私は思う。

もやもやとしたものはずっと小田原の中にあった。学生時代からあった。

そこで爆発して手がでた。殴ると、この際徹底的にやったほうがいいと、足もでた。

裁判官が小田原に訊《き》く。

——あなたは被害者の……浦崎透さんの妻、香奈枝さんと性的な関係を持ったことはありましたか。

奇妙な質問だった。そして無礼だ。どんな権限があってこんなことを訊くのだろうと、私は思った。

小田原は眉《まゆ》をひそめ、少し考えてからいった。

——最近ですか？　最近はないですが。

——過去にはありましたか。二人が結婚してからですが。

ほんの一瞬、小田原は傍聴席に冷たい視線を向けた。どうしたらいいわけ俺？　そんな心の声が聞こえたような気がした。

——はい、ありました。

小田原は言い訳をするようにいう。

——ぼくの方にはそういう心積もりはなかったんですが、向こうから誘ってきまして、まあつい。する前に、いいのか、ときいたら、どうせあいつだってどこかで浮気しているのだから、と。

——いつ頃からどのぐらい続きましたか？

——三年も前に、そういうことをしたのは三回ぐらいですか。ただぼくは最初から続けるつもりはなく、アヤマチだとわかっていたので、香奈枝さんとはすぐに終りにしました。

——どちらから終りにしたのですか。

——ぼくからです。憂《う》さ晴らしに利用されるのも嫌だったので。

裁判官は無表情に訊く。

——利用？　あなたが自分の性欲の発散に相手を利用していたのではないですか？　別に、大昔の情事において、どちらが利用していたかなどどうでもいい。私にとっても小田原にとっても誰にとってもどうでもいい。見当違いな裁判官。この裁判官は本当に駄目だ。

——そうですね。

小田原は答える。

応答は続く。

やがて別の質問になる。

——では、結審するけれど、最後にいいたいことはありますか。

――後悔があるばかりです。みなさんに迷惑をかけてすみませんでした。

私は自分がどんな気分で傍聴席に座っていたのかよく思いだせない。亡《な》き夫の両親は私の隣に座って、息子の遺影を持ってきていた。

裁判の記憶自体、かなり曖昧《あいまい》だ。裁判官が本当にあんな質問をしたのか、小田原が本当に私の記憶にある通りのことを答えたのかも定かではない。

法廷の外で怒鳴られたことをおぼえている。凄まじい剣幕で浦崎透の父親は私に怒鳴った。

小田原は懲役十五年の判決となった。

9

捨て犬と野良猫を連れてきて、一匹ずつ飼った。

長船さんは揺り椅子ごと蔵で眠っている。一度覗《のぞ》くと全身が真っ黒になっていた。飲んだ液体のせいにちがいないが、こんな死体は見たことがない。蔵はもはや蔵でなく墓所に転じた。

私は町を再建しようとは思わなかった。それだけの情熱も知識もなかったし、おそらく一番重要な、〈町を作る魔力〉のようなものを私は持っていなかった。町を作れるのは子供の頃から自分の街作りに勤《いそ》しんできた長船さんだけだ。

私はただ野原の家に引きこもった。真知子さんも、その他の人も長船さんと私を探しているにちがいない。外には出たくなかった。

化け物は何度も現れた。もわっとした臭気を身に纏《まと》っている。腐った沼が足を生やして動いているような、世界の終りに出現しそうな生き物だった。

美奥の物語を書き取ったノートから名を見つける。

のらぬら。

化け物の名は、いつか長船さんが私に語った、大昔の美奥に現れたという、のらぬらではないか。長船さんが死んだ隙《すき》を狙《ねら》って、どこか闇《やみ》の底から湧《わ》いて現れた魔物なのだ。

見つければ即座に石を投げつけた。追い払っても少しすると全《すべ》て忘れて、ふらふらと近寄ってくる。

のらぬらの顔は出会うごとに変わった。ときには小田原ではなく、元夫の浦崎透や、私自身の顔になったり、それらがいくらかずつ混じりあった顔で出てくることもあった。父親や、母親の顔を模すこともあった。もっとも許せないのは長船さんの顔を不器用に真似《まね》たときだった。

知能が高いとは思えなかったが、私の心にあるものを読み取る力があるのだ。カメレオンが周囲の色に合わせて表皮の色を変えるように、相手に受け入れられようと本能的に顔を変えているようだった。

のらぬらのおぞましさを何かにたとえるなら、こういうことだ。大好きな恋人に、素敵なドールハウスをもらったとする。一生の宝物だと手に触れて、中を覗くたびに、大きなゴキブリが入っている……。私の本能が殺せと命じていた。のらぬらがいると考えるだけでストレスになった。この土地は私のものだ。このおぞましさの塊とは共存できない。

石では効果がなかった。包丁で刺したこともあるが、それも効果はない。腐肉と泥が混ざったようなぶにょぶにょした肉体は、どんな傷も、すぐに地面から泥を吸い上げて再生した。

灯油を浴びせて、火をつけた。

全身から炎を放ったのらぬらは、痛い、熱い、苦しいともがいた。口から黒い煙と、ぬちゃぬちゃした液をふりまき、目を飛びださせて、もおん、もおん、と甲高く鳴いた。

聞くものを発狂させかねない、耳を塞《ふさ》いでも当分の間は頭に残る鳴き声だった。私はその鳴き声を聞きながら、密《ひそ》かな悦《よろこ》びに震えた。

炎が消えた後、のらぬらは大量の汚物そのものの、べっちょりとした塊となった。私はそれをスコップで拡散した。

焼殺した翌日だった。のらぬらは家から少し離れたところを何事もなかったかのように、のっそりと歩いていた。

見ているうちにクヌギの木にへばりつくと、腰を擦り付け、粘液をつけている。

私の体から力が抜け、膝《ひざ》をついた。

不死か。

私は蔵の前に立った。

閂《かんぬき》を外して中に入ると、異臭が鼻をついた。腐敗臭とも違う。今まで嗅《か》いだことのない臭《にお》いだ。

高いところにある小窓から光の筋が差している。揺り椅子《いす》の長船さんは相変わらず真っ黒なまま沈黙している。

だがこれは死体なのだろうか？　奇妙に混沌《こんとん》とした気配を放っていて、なんだか恐ろしかった。

私は長船さんの脇《わき》を通り過ぎて甕《かめ》に向かった。

蓋《ふた》の上の漬物石をどけ、板を結わえている紐《ひも》をほどいてみる。中を見るのは初めてだ。

甕の中には透明な水あめのようなものが入っていた。私はねっとりとしたそれを傍にあった柄杓《ひしゃく》で少しだけ掬《すく》い取ると、瓶にうつした。瓶の中で粘り気のある水あめはぐにゃりと動いた。

これを使えば——。

のらぬらは、のらぬらでなくなるかもしれない。

瓶を片手に私は歩く。

きっとこれで倒せる。

うまく飲ませれば……。

数歩もしないうちに、一番単純な解決策はこの薬を自分が飲むことではないかと思いつく。麦茶のように一息に瓶の中身を口に流し込む映像が脳裏から離れなくなる。のらぬらを退治するのだ。私は間違った方向に向かう思考を振り払い、辛抱強く己にいい聞かせる。

不思議な力が働いていた。手は瓶を握り締めていて捨てることができない。全身に汗が滲《にじ》む。とんでもないものを外に出してしまったのかもしれない。

私は荒野に出た。

空の半分は、赤みが差した金色の雲に覆《おお》われ、もう半分は深い藍色《あいいろ》だった。いつかのらぬらを拡散したスコップが泥まみれで転がっている。ハコベやオオバコといった雑草の上に、錆《さ》びた包丁を見つける。

小高い丘の上に立って見回すがのらぬらの姿はない。

ああ、そうだったと私は当然のことに思い当たり、愕然《がくぜん》とした。

のらぬらなど最初からいないのだ。

かつてここが町であったとき、絵を描いていた男の前に死んだ両親が現れ続けていた。あるいはとっくにいい年になっているはずの私の高校時代の同級生。朧《おぼろ》で曖昧に姿を変える町の姿。

ここはそういう場所なのだ。

今ここに確かにあるものは二つ。私と、手にした瓶の中にある液体だけ。

瓶は不吉な気配を発している。ぐねり、と液体がうねる。私は魅入られる。


刑務所の小田原から手紙が来た。

私がそれを受け取ったのは長船さんと出会う少し前だ。検閲が入るのであろう殺人犯の手紙の文面は、定型文的な反省と悔悟に満ちていた。

私はじっくりと便箋《びんせん》二枚の、どこか白々しい文面を繰り返し読んだ。

私は何度も返事を書こうと試みた。だが自分が書いた手紙を読み返すたびに破り捨てた。書くべき内容など何もなかった。だんだん苛立《いらだ》ちが募ってきた。何もかも終りにして、先へ行きたいと願っているのに、何故《なぜ》こんな手紙を寄越すのだ？

近況報告の二通目、三通目と受け取るうちに、もしかしたらこの男は私が忘れることを許さないのではないかと思い当たった。一種の悪意のようなもので。

小田原はその頃から、怪物となって悪夢にでるようになった。塀に閉じ込められて、泣き喚《わめ》く凶悪な怪物。

一度刑務所に面会に行った。

私は明るい色の服を着て、再婚が決まったことを小田原に告げた。嘘《うそ》だったが、それが嘘であることを今の小田原には確かめられまい。全て忘れたいので、もう二度と手紙を書かないで欲しいことも告げた。

それは良かった、おめでとうと、小田原はいった。彼の表情は引き攣《つ》っていた。私は確かな憎悪《ぞうお》をそこに読みとった。

私が長船さんと出会って一年目の夏、小田原は刑務所で機械作業中に機械で手首を挟み、出血多量で死んだ。

これを飲みたがっているのは、私の中に棲《す》む怪物だ。悪夢の世界を徘徊《はいかい》し、小田原の死と共に強大になった怪物。

〈怖がることはない〉

妙な声が確かに耳元で聞こえたような気がして、私は小さな悲鳴をあげた。

指は瓶から離れない。私は瓶を空に掲げてそこから顔を逸らす。誘惑と反発。少しでも瓶から距離をおきたいと思うと、自然とこの姿勢になる。なんとまあ、私はいつの間にか追い詰められている。

体中が震えはじめた。野の花に羽を休めている揚羽蝶《あげはちょう》が目に留まる。まだ八月だ。ちょうどお盆休みで道路が混雑する日付。何か別の方向に、思考を逸らさないと——

揚羽蝶はゆっくりと羽を開いて閉じ、体の向きを変える。

私の真っ黒な影は死角からむっくりと動きあがり、背後から私を包む。大人が子供の体を支えるように、空に掲げた私の左手首を摑《つか》むと、ゆっくり瓶を口元へと向ける。

〈ここは素敵な墓場だろう？　死ぬならこんな場所がいいといつも願っていただろう？　誰にも迷惑をかけずに……好きな人と一緒に〉

私はただひたすら、揚羽蝶に視線を向け続けた。呼吸が苦しくなる。目の端に入った己の影は、化け物のそれだ。

大きな音がして、呪縛《じゅばく》が解けた。

私は家の方角に顔を向けた。

鳴き声と、気配。

姿を現したのは一頭のニホンカモシカだった。アオジシの名で知られる天然記念物。小さな角がある。ニホンカモシカは蹄《ひづめ》で土を蹴《け》り、まっすぐにこちらに向かってくる。

後で蔵を見にいくと戸は壊され、揺り椅子の周囲は真っ黒な煤《すす》で一杯だった。

でも、そんな確認をせずとも、見た瞬間に長船さんだと確信した。

視界が少しぼやけた。

やったじゃない、やったじゃない、と私は呟《つぶや》く。

本当だったんだ。

ニホンカモシカは跳ねた。絵画のような躍動だった。

〈彼〉は私を見た。後になってこのときのニホンカモシカの目を何度も思い出す。絶対になにかを語りかけていた。でも、なんと語りかけていたのかはわからない。

どうだい俺の姿、といったのか。さようなら香奈枝さん、といったのか。あるいは、邪魔だからどけといったのか。

新しい力に満ちた生き物は、新しい世界を目指して私の前を通り過ぎる。ぱっとあたりの草を薙《な》ぎ払うような風が吹く。

バランスが変わる。私を捉《とら》えていた負の力はあっけなく霧散する。

まるで自分は森から来たのだといわんばかりに、ニホンカモシカは一切の躊躇《ためら》いもなく木々の茂みへと直進して消えた。

しばらく放心した。

指は瓶から外れていた。

足元から少し離れたところに瓶は転がり、液体は土に零《こぼ》れだしていた。

かっこうが鳴いていた。

10

朝の野原に霧がでる。

時折、その霧の中に町の幻がぼんやりと現れる。

私は野原に椅子を出してその町を凝視する。

彼の町、私の町、記憶の町、夢の町、みな重なりあっている。

やがて幻はどんどん薄くなっていき、朝霧と一緒に消える。


のらぬらはもう出現しなかった。消えたのか、眠ったのか、あるいは最初からいなかったのか。とにかく彼が生息できるバランスは崩れたのだ。

蔵には近寄らなかった。あの薬は魔物だ。危険すぎる。

何か別の生き物になりたいと思うかと自問してみる。わからない。望んだものになれるわけでもないだろうし、そもそも人は毎日少しずつ別の存在になっていくものではないか。

日を追うごとに空がどんどん高くなっていく。

ある午後、森の外れの小さな駅にトロッコ列車が止まっていた。無人だった。

この列車は美奥に行くのだと、あの太鼓腹のおじさんはいっていたっけ。

私が乗り込むと、玩具《おもちゃ》のような列車はゆっくり動き出した。

流れる景色に小さく興奮する。

振り返ったとき、あっと思った。

そこには、私の家と野原があるはずだった。それなのに、背後にあるのは山のように大きなガラスの球体だった。

目を凝らすと、私の家と野原はその球体の中に映し出されている。球体は高さも幅も、視界一杯に広がっている。

トロッコ列車が進んでいるせいか、珠《たま》はみるみるうちに縮んでいく。

過去が遠ざかって行く。小田原も、浦崎透もさらに遠くなる。長船さんも。

小さくなった珠は、ころころと野原を転がる。さっと鴉《からす》が舞い降りて摑むのを見た。

空へ。
列車は角を曲がり、木々が景色を遮断する。
冷気を孕《はら》んだ風が頬を撫《な》でる。
夢の奥には美しい場所がきっとある。
まだ大冒険の途中だ。そんな風に思うと、ささやかな嬉《うれ》しさに頬が緩んだ。

部屋の中でも、吐く息が白い。
耳を澄ますと、どこかの枝から小さな塊が落ちる幽《かす》かな音。
ああ、やはり外は雪だ。
愛がぴたりと私に身を寄せる。この子は起きて雪を見たら大喜びするぞ。
もう一度寝よう。私は暗闇《くらやみ》で目を瞑《つむ》る。次に目を開くのは朝の光の下だ。
ゆっくりと意識が沈んでいく。
カモシカは雪道を走り、梟《ふくろう》は枝に止まって静止する。
遠い遠い野原の記憶。神話の世界の物語。

世界は気だるい鈍さで移ろっていき、やがては通り過ぎた町の全てが、私の胸の内で輝き始める。

解説

吉野仁

この小説集『草祭』は、「美奥《びおく》」という奇妙な土地を舞台にした五つの物語が収録されている。現実からすこし離れた不思議な世界が展開し、神話や民話のような肌触りをもつ作品ばかりだ。

もちろん個々の短編は、それぞれの味わいを醸《かも》し出しておりバラエティに富んでいる。冒頭の「けものはら」は、主人公の「ぼく」が、中学三年生の初夏の夜のできごとから語っていく。幼馴染《おさななじ》みの同級生が美奥の町外れに広がる〈けものはら〉に迷い込んでしまったという、どこか荒涼とした恐ろしさの漂うストーリーだ。

続く「屋根猩猩《しょうじょう》」は、十七歳の女子高校生が語り手のためか、文章も「ですます調」で表現も柔らかい。なにより、とてもユーモラス。学園小説なのにとぼけた昔話のようである。

〈遥《はる》か昔の話だ。〉という書き出しではじまる「くさのゆめがたり」は、まだ誰もが歩いて里や村を行き来していた古い時代の物語。植物に精通し、天狗《てんぐ》の子と呼ばれた少年が、春沢というにぎやかな土地にやってきて悲劇にあう。

「天化《てんげ》の宿」では、お城のような家に住む少女が、線路を歩いているうちに外れて獣道にはいり〈クトキの宿〉にたどりつき、そこで〈天化〉という摩訶《まか》不思議なカードゲームを行う。

読んでいくと、ある作品に名前だけ出てきた人物が別の話の語り手だったり、ほかの短編の登場人物だったりして面白い。みんなつながっているのだ。美奥のどこかで道に迷い、植物や動物の不思議な力に絡《から》め取られたあげく、自然や宇宙と一体になっていく。

最後に収録されている「朝の朧町《おぼろまち》」に、〈美奥は神獣とか、獣人伝説のようなものも多い。なんだか遠野物語を執筆している柳田國男の気分になる。〉という一文があった。遠い野ならぬ、この世の奥にある美しい土地の話がつづられた美奥物語というわけだ。

恒川光太郎は、「夜市」で日本ホラー小説大賞を受賞しデビューした。受賞作が収録された『夜市』（角川ホラー文庫）、そして『秋の牢獄』（同）などの作品集や長編『雷の季節の終わりに』（同）を読んだことのある方ならおわかりのとおり、作者の物語世界は、ホラーというよりもファンタジーの色合いが濃い。描かれているのは、ここではないどこかへ迷い込み、その時空にとらわれ、どこまでもさまよう者たちだ。本書『草祭』でも同様のテーマが随所に見受けられる。「夜市」とは、文字どおり夜に行われる市《いち》のことだが、そこは異界と交わる不思議な場所で、神話や民話ではおなじみの設定である。あちこちの村から人が集まる市、川岸をつなぐ橋、山をこえる坂や峠といった〈境界〉が物語の重要な大きな場として選ばれている。

たとえば有名なお伽噺《とぎばなし》に「シンデレラ」の物語がある。ヨーロッパ各地に伝わり、四百五十をこえる異なるヴァージョンがあるらしい。これは単に「貧しくも美しく勤勉な娘が王子さまと出会い結ばれ幸福になった」話で終わるものではない。

中沢新一『人類最古の哲学』（講談社選書メチエ）にシンデレラ物語の神話的解釈がくわしく述べられている。シンデレラはフランスでは「サンドリヨン」と呼び、「灰まみれ」という意味である。なぜ少女が灰まみれなのかというとカマドのそばで働いていたからだ。カマドとは火で料理をつくる（灰の出る）場所なのである。中沢氏は次のように述べている。

〈まずカマドは、人間の住む家の中で、異界または他界との転換点になっています。

地球上の多くの地域で、カマドの火の中から妖精《ようせい》や悪魔や悪霊の姿をした異界の存在が飛び出してくる神話や伝説がたくさん残されています。カマドは家の中で、生者の世界と死者の世界を仲介する場所と考えられていたらしいのです。主人公がカマドやその変形物の近くに追いやられている少女であるという問題も、じつはカマドのもつ生死の仲介機能から生まれた発想でした。

シンデレラの物語は現実の中では解決不能なさまざまな問題を、仲介機能を駆使して論理的に解決に導いていくという働きを持ったお話です。〉

『人類最古の哲学』では、なぜシンデレラが片方の小さい靴を脱ぎ落としてしまうのか、という問題についてオイディプス神話と関連した興味深い論考も紹介されている（興味のある方はお読みあれ）。

このように、神話や伝説、昔話やお伽噺は、隠された意味や深い知恵を含み、それは古代から年月を重ねてつむぎだされた思考の産物といえるのだ。そこで、この世とあの世とをつなぐ〈境界〉や〈獣人〉といった事柄は特に重要なテーマとして常に扱われている。もしくは変身の魔法が真夜中に解けたり、昼と夜がまじわる黄昏《たそがれ》どきに不思議なことが起きたりする。季節の中間点や折り返し点にあたる日なども同様。一説によると、ほぼ冬至（北半球では一年で昼がもっとも短い日）にあたる十二月二十五日がクリスマスとなったのも偶然ではないようだ。

これらは自然と人間のかかわり、存在の本質を問うものなのである。

いや、なにも神話伝説昔話だけが異界や異人を描いているのではない。たとえばスーパーマンやウルトラマンなどのヒーローものは、みな遠い星からやってくる。学園小説で謎《なぞ》の転校生の登場は欠かせない。西部劇にせよ日本の時代小説にせよ、どこか遠くからやって来た流れ者が困難におちいった町を救うという展開は数知れない。すなわち、ヒーローとは異界からの使者なのである。

きわめて現実的な設定で描かれたフィクションでさえ、多くの主人公はこちらとあちらを〈仲介する存在〉なのかもしれない。ミステリーに登場する名探偵は、犯人（この世に生きる殺人者）と被害者（あの世にいった者）との間をむすび、事件の謎を解いて意外な真相を暴《あば》き、壊れた秩序をもとに戻す。

ならば、どうして「夜市」の主人公は、この世とあの世が交わる〈境界〉に足を踏み入れたのか。

小学生のとき裕司は、幼い弟とふたりで夜市に迷い込んだ。そのとき弟と引き換えに「野球の才能」を手に入れた。その後、裕司はたしかに野球はうまくなったが、弟を人攫《さら》いへ売り渡したことにずっと罪悪感を抱いていた。そこで女友達のいずみとともにふたたび夜市へ訪れ、こんどは自分と引き換えに弟を買い戻そうとしたのだ。だが、弟は弟で「若さ」を売り「自由」を手にして人攫いから逃げ出していた。この世とは別の世界で放浪しつづけた。やがて夜市で「知恵」を買った。いつか人攫いを見つけ、兄と再会するのが生きる目的となった。そして……。

話の前半はどこか「三つの願いをかなえてくれる」というお伽噺をもとにした恐怖小説「猿の手」に似ている。「野球の才能」を求めて弟を売ったものの、どんどん不幸になってしまうという展開だ。

なにかを手に入れようと思えば、それに見合った別のなにかを相手に与えて交換する。ギブ・アンド・テイク。「夜市」を支配しているのは、この単純な経済法則だろう。しかし、人がこしらえた物を買うならまだしも、現実には「才能」や「知恵」をそのまま金で買うことは不可能である。この世にそんな市場はない。あえて作品解釈をしてみれば、そうしたものを安易に求めようとすると、異界と交わる〈境界〉すなわち「夜市」に迷いこまずにはおれないということが物語の源にあるのではないか。

近年の日本および世界は、いきすぎた自由主義、市場原理がもとで低迷と混乱を続けている。いや、いまだ「金がすべて。金で買えないものはない」との幻想が大きく支配しているのかもしれない。だがこの世には、親から受け継いだ素質や毎日の努力の積み重ねなしでは手に入れられないものも多い。そのまま金銭との交換は不能だ。それでも有名な塾や学校へ子供を通わせるには経済力をもつ親のほうが有利であるなど、たしかに比喩《ひゆ》として「金で買えないものはない」との現実は存在する。整形美人なども同様だ。

「市《いち》」という交換の場は、経済のもとにある。「夜」とは闇《やみ》。「夜市」とは市場原理の暗部が宿る場所なのだろう。たとえ、ふさわしい対価さえ支払えば「才能」や「知恵」まで買えるとしても、それで当人が幸せになれるとは限らない。大切なものを犠牲にしたり、愛するものを失ったりする。ときに暗闇の異界をさまよい続けなくてはならないのだ。

　また、われわれ人間は、空気や水や陽の光、食料となる動植物を自然から一方的にあたえられ生きている。農産物を育てるのに労働は必要だが、まずは豊かな天の恵みが欠かせない。一対一の等価を払う単純な交換ではなく、こうした無償の愛とでもいうべき贈与の力が、この世のはじめから世界のあちこちで働いているのだ。もしくは愛する人はそこにいてくれるだけで自分へ幸せをもたらしてくれる。一年でもっとも昼の短い、すなわち日射が少なく植物が枯れたクリスマスの時期にプレゼントを交換する風習が生まれたのも、もしかすると天の恵みに対する「お返し」なのかもしれない。それが愛のかたちである。

「夜市」という物語のなんともいえない物悲しさや恐ろしさは、とりかえしのつかないことをして弟を失っただけではなく、もっとも愛のない仕打ちをしてしまった罪の意識が表れているからではないだろうか。

ならば、本書『草祭』ではいったい何が描かれているのか。

舞台となっている不思議な土地「美奥」は、作中の言葉を借りると〈この世界の一つ奥にある美しい町〉である。「夜市」のように別の世界とまじわる〈境界〉というよりも、そのままこの世のむこうの〈異界〉として描かれている。そこには人間が言葉をもつ以前、動物だったころの原風景が広がっている。読んでいると、どこか懐《なつ》かしい気持ちを抱いたり、奇妙な安らぎを感じたりするのも当然だ。

しかし、神話や民話のようだといいながら、「けものはら」で扱われる母子心中にせよ、「屋根猩猩」でヒロインが受ける学校のいじめにせよ、「朝の朧町」の不倫殺人にせよ、なにか現代社会の暗い一面をテーマにしているようにも思える。なぜこのような殺伐とした事件が扱われ、それが美奥を舞台に展開していくのだろうか。

植物は、種から発芽し、花をさかせ、実を結び、その実が種となって地に落ち、芽を出してふたたび花を咲かせる。その繰り返しだ。どれほど美しく鮮やかに咲いた花もいずれは枯れ、散り落ちる。すなわち死を迎える。だが、その実が種となって新たな生命を誕生させる。死と再生の循環こそが自然の摂理なのだ。そこにあらゆる生き物の姿がある。

おそらく、草花がさかんに生い茂る美奥、〈この世界の一つ奥にある美しい町〉とは、生命の根源をたたえている場所なのではないか。

一方、「心中」「いじめ」「殺人」といった人間関係のトラブルや悲劇は、社会で生きている以上、つねにつきまとう難題である。いつまでも克服できずに同じ過《あやま》ちをくりかえしている。

この点、次のような教訓を思い出した。流れのはやい川で溺《おぼ》れそうになったとき、あわてて水面に出ようとすると、かえって流れに逆らえずそのまま水を飲み溺れてしまう。むしろいったん下へもぐり、川底にとんっと手をつけば、その反動で自然と水面に浮きあがるという。

生きる上で、自分だけでは解決できない出来事に苦しめられ溺れそうになったときも同じだ。恐怖のあまり混乱し下手にもがくよりも、底に手をついて浮きあがればいい。

現実世界における川底とは、文明以前の世界、記憶の底に眠る、人がまだ動物だったころの原風景にほかならない。この世の奥にある根源的で美しく懐かしい自然。それが「美奥」だ。近代的な高層ビルや交通網はおろか、人がつくった家や道さえない。あるのはあたり一面の草花とそこに住む獣や鳥や虫たち。無償の愛に育《はぐく》まれた世界である。

すなわち、悩みや苦しみの川に流された者たちが溺れて沈まないためには、むりやり水面にあがろうとせず、川底に位置する美奥へと向かいそこに手をつき浮上すればいい。

高度な文明を獲得したものの、いまだ世界は激しい暴力や無惨《むざん》な死、果てることのない苦しみにあふれている。解決の道は遠く、もがき続けるばかり。そんな現代人が救われるためには、もういちど原点に戻る必要があるのではないか。あらゆる生き物の本来の姿を見つめ直すこと。生命あふれる場所で力を授かったり、象徴的な死に触れることで新たな生を獲得したりできるのである。

おそらく作者はこの先も、この世と思えぬ異界の風景や獣人たちの姿を描いていくだろう。本作を発表したのちも、『南の子供が夜いくところ』（角川書店）や『竜が最後に帰る場所』（講談社）など南洋の島々の魔術的な風土や実在しない生き物の物語を語っている。だが、それらの話はいまわれわれが生きている世界と無縁ではないばかりか、どこかの境界でつながっており、乱れた秩序を正したり、立場を反転させたり、失いそうになった絆《きずな》や愛をもとに戻したりする偉大な働きをもっているのだ。

これからも恒川光太郎が語る、豊かで美しい自然に彩《いろど》られた現代の神話を楽しみにしたい。

（平成二十三年三月、書評家）

この作品は平成二十年十一月新潮社より刊行された。

星新一著　ボッコちゃん

ユニークな発想、スマートなユーモア、シャープな諷刺にあふれる小宇宙！　日本SFのパイオニアの自選ショート・ショート50編。

星新一著　ようこそ地球さん

人類の未来に待ちぶせる悲喜劇を、卓抜な着想で描いたショート・ショート42編。現代メカニズムの清涼剤ともいうべき大人の寓話。

星新一著　マイ国家

マイホームを〝マイ国家〟として独立宣言。狂気か？　犯罪か？　一見平和な現代社会にひそむ恐怖を、超現実的な視線でとらえた31編。

星新一著　午後の恐竜

現代社会に突然巨大な恐竜の群れが出現した。蜃気楼か？　集団幻覚か？　それとも立体テレビの放映か？――表題作など11編を収録。

星新一著　ひとにぎりの未来

脳波を調べ、食べたい料理を作る自動調理機、眠っている間に会社に着く人間用コンテナなど、未来社会をのぞくショート・ショート集。

星新一著　未来いそっぷ

時代が変れば、話も変る！　語りつがれてきた寓話も、星新一の手にかかるとこんなお話に……。楽しい笑いで別世界へ案内する33編。

草《くさ》　祭《まつり》

新潮文庫　つ－27－1

平成二十三年五月一日発行

著者　恒《つね》川《かわ》光《こう》太《た》郎《ろう》

発行者　佐藤隆信

発行所　株式会社新潮社

郵便番号　一六二―八七一一
東京都新宿区矢来町七一
電話　編集部(〇三)三二六六―五四四〇
読者係(〇三)三二六六―五一一一
http://www.shinchosha.co.jp

価格はカバーに表示してあります。

乱丁・落丁本は、ご面倒ですが小社読者係宛ご送付ください。送料小社負担にてお取替えいたします。

印刷・大日本印刷株式会社　製本・憲専堂製本株式会社

ISBN978-4-10-135131-5　C0193